Ariel Tachna

L'ÉTALON SAUVAGE

DREAMSPUN DESIRES

PUBLISHED BY

DREAMSPINNER
PRESS

Publié par

DREAMSPINNER PRESS

5032 Capital Circle SW, Suite 2, PMB# 279, Tallahassee, FL 32305-7886 USA
www.dreamspinnerpress.com

L'étalon sauvage
Copyright de l'édition française © 2017 Dreamspinner Press.
Titre original : Unstable Stud
© 2016 Ariel Tachna.
Première édition : avril 2016
Traduit de l'anglais par Laura Brohan.

Illustration de la couverture :
© 2016 Paul Richmond.
http://www.paulrichmondstudio.com
Les éléments de la couverture ne sont utilisés qu'à des fins d'illustration et toute personne qui y est représentée est un modèle

Édition e-book en français : 978-1-64080-225-4
Édition imprimée en français : 978-1-64080-224-7
Première édition française : octobre 2017
v 1.0

Édité aux États-Unis d'Amérique.

— Tu aimes ça ? demanda Clay.

Luke hocha la tête, à bout de souffle. Clay rit et pencha la tête de Luke vers la sienne.

— Voyons voir ce que tu aimes d'autre.

Luke laissa échapper un doux gémissement entre ses lèvres entrouvertes.

— Tu es tellement réceptif, murmura Clay, ses lèvres si près de l'oreille de Luke qu'il put sentir son souffle. J'ai à peine commencé que tu gémis déjà.

Luke gigota, embarrassé, et pinça ses lèvres pour éviter de faire plus de bruit.

— Non, ne fais pas ça, dit Clay en dessinant ses lèvres du bout du doigt. Je veux entendre comme tu aimes ce que je te fais.

Il déposa de doux baisers de sa tempe à ses pommettes, puis sur l'arête de son nez. Luke prit une vive inspiration, son corps tout entier crispé face à l'anticipation. Il se cambra d'impatience sur le siège, faisant se rencontrer leurs torses. Luke ne comprit pas si Clay avait attendu un signal de sa part qu'il avait fini par donner ou s'il avait simplement perdu patience, mais soudain, il le prit fermement dans ses bras, l'un toujours autour de ses épaules et l'autre enroulé autour de sa taille. Il plaqua sa bouche sur celle de Luke dans un baiser doux et possessif qui lui fit tourner la tête.

Lorsqu'**ARIEL TACHNA** avait douze ans, elle a découvert deux choses : la langue française et les romans d'amour. Ces deux amours l'ont définie depuis. Au moment où elle terminait le lycée, elle avait écrit quatre romans que personne ne voudrait lire aujourd'hui, mettant en vedette une jeune femme qui était – vous l'aurez deviné – bilingue. Cette fille était tout ce qu'Ariel voulait être à douze ans et qu'elle n'était pas.

Elle vit maintenant dans la banlieue de Houston avec son mari (qui parle également français), ses enfants (qui comprennent le français, même lorsqu'ils sont trop paresseux pour le parler) et leurs deux chiens (qui refusent obstinément de répondre aux ordres en français).

Vous pouvez retrouver Ariel :

Sur son blog : www.arieltachna.com

Sur Facebook : www.facebook.com/ArielTachna

Par e-mail : arieltachna@gmail.com

À toutes les personnes qui étaient présentes au 44 1/2 lors de cette soirée, qui m'ont aidée à trouver des idées pour cette histoire. À Damon, pour le titre.
Et à Elizabeth, qui me connaît si bien.

Chapitre un

AU fil des années, les sons d'une écurie en activité étaient devenus aussi familiers pour Luke Davis que le son de sa propre respiration. À l'époque, il avait supplié pour obtenir un poste lui permettant de nettoyer les stalles des chevaux, alors qu'il n'était presque pas assez grand pour tenir un râteau. Il avait appris à jauger l'humeur des bêtes imposantes avec lesquelles il travaillait par la manière dont elles tenaient leur tête et remuaient leurs oreilles, par leurs doux hennissements satisfaits ou leurs couinements agités, mais durant toutes les années qu'il avait passées à prendre soin des chevaux, il n'avait jamais entendu de cris tels que ceux qui provenaient de l'écurie des étalons. Il se fit tout petit, souhaitant avoir apporté son casque avec lui, et essaya d'ignorer ce hurlement perçant qui lui donnait des frissons, mais peu importe combien il se concentrait, il l'entendait.

Le propriétaire de l'écurie, M. Hunter, était passé ce matin avec M. Bryant, l'entraîneur qui était généralement responsable de la surveillance de l'écurie. Luke avait fait de son mieux pour se fondre dans les boiseries. M. Hunter ne passait pas souvent – après six mois passés à Bywater Farm, ce n'était que la troisième fois que Luke le voyait –, mais les autres employés de l'écurie parlaient toujours de son mauvais caractère. Luke ne voulait rien faire qui puisse mettre son poste en danger. Grâce à son salaire actuel, il pourrait rembourser les dettes qu'il avait contractées pour prendre soin de sa mère en six mois et se libérer du fardeau qui pesait sur ses épaules. Cependant, il avait été incapable de résister à l'envie de regarder furtivement son insaisissable patron. M. Hunter ne venait à l'écurie que lorsque King of Hearts était concerné. C'étaient les cris de King qui troublaient le calme de cette matinée de mi-février.

Les hennissements se firent plus bruyants, suivis d'un grand fracas, de beaucoup de cris et d'une porte ouverte en catastrophe. Luke s'écarta du chemin de King lorsqu'il galopa à travers la passerelle et l'écurie pour finir dans le paddock. Sans réfléchir, il se précipita à la poursuite de l'étalon imprévisible. M. Bryant avait souvent dit que Luke savait s'y prendre avec King. Même s'il ne pouvait rien faire pour aider, il pouvait s'assurer que l'étalon ne se blesse pas.

King se tenait au centre du paddock verdoyant, la tête baissée au niveau du sol. Chaque ligne de sa posture traduisait le sentiment d'échec. Le cœur de Luke se brisa en voyant cet étalon fier dans un tel état.

— King, appela-t-il doucement en entrant dans le paddock, sans oublier de refermer le portail derrière lui.

Il frissonna de froid, mais au moins il n'y avait pas encore de neige sur le sol.

King releva la tête en entendant son nom, mais il ne s'approcha pas comme il le faisait d'habitude. En même temps, Luke n'avait pas apporté de pommes ni de carottes, ce qui expliquait sans doute la réticence du bai. Luke était peut-être intéressant lorsqu'il avait des friandises, mais il n'était pas un ami de confiance.

— Que s'est-il passé, King ?

Luke fit un pas de plus, sa paume vide levée afin que le cheval puisse la sentir.

— Je ne t'ai jamais entendu faire un tel vacarme.

King hennit et remua la tête, ce qui fit voler sa crinière noire. Luke avait vu des photos de lui avec sa crinière et sa queue tressées pour participer aux courses hippiques, mais depuis qu'il était arrivé à Bywater Farm, personne n'avait essayé de préparer King pour une course. En y réfléchissant, il n'avait vu personne essayer de lui mettre une selle ou une bride. Ils le brossaient quotidiennement, le menaient au paddock pour lui faire faire de l'exercice et lui faisaient parfois monter une fausse jument pour extraire des échantillons de sperme qu'ils pouvaient utiliser pour la reproduction, mais personne ne le montait. Luke en comprenait la raison, mais son cœur se serrait pour ce cheval qui avait autrefois été un champion et qui était désormais relégué à l'écurie des étalons, souffrant d'un manque d'attention considérable.

Luke avança encore d'un pas, observant attentivement la réaction de King. C'était un étalon plutôt bien élevé, mais on avait tenté de lui faire monter une vraie jument ce matin. Avec les hormones de King en effervescence – ces cris perçants n'avaient pas été ceux d'une saillie réussie –, Luke ne savait pas s'il conserverait ces bonnes manières. L'étalon s'ébroua et tendit le cou pour frotter son nez contre la main de Luke.

— Je sais, je n'ai pas apporté de carottes cette fois-ci. Je suis désolé, mon grand. Si tu veux, je peux te donner la pomme que j'ai amenée pour mon déjeuner.

— Ce cheval est dangereux et aurait dû être piqué lorsqu'il a tué son cavalier ! Je veux que vous me remboursiez.

Luke tressaillit en entendant ces mots menaçants et se rapprocha de King, comme si sa présence pouvait protéger le cheval de n'importe quel danger. Il ne connaissait le propriétaire de cette voix – un certain M. Hill – que de réputation et savait qu'il était l'un des éleveurs de chevaux les plus perspicaces, mais il venait de faire son entrée sur la liste des personnes que Luke détestait le plus au monde.

— Quittez ma ferme sur-le-champ ! répliqua M. Hunter en suivant M. Hill hors de l'écurie. Personne n'a le droit de mettre les pieds sur ma propriété et de menacer mon cheval.

Il sortit son carnet de chèques de sa poche et en déchira un.

— Tenez ! Je ne veux pas de votre sale argent.

King poussa légèrement Luke, alors celui-ci tourna le dos à la scène et se focalisa sur le cheval. Si on lui demandait ce qu'il faisait ici, il répondrait qu'il ne faisait que son travail ; il n'était pas en train de prétendre que la colère justifiée de M. Hunter n'avait pas touché sa corde sensible. Peut-être que si M. Hunter n'était pas souvent présent, c'était parce qu'il ne pouvait pas l'être et non parce qu'il en avait rien à faire.

Hill continua de lancer des menaces jusqu'à ce qu'il soit dans sa voiture, mais Luke ne se retourna pas pour les regarder. M. Hunter était déjà assez beau à la télévision ou à distance, tout apprêté pour une course. De près, il était encore plus beau, malgré la colère qui déformait les traits nobles de son visage. Luke aurait certainement ressenti un tout autre sentiment s'il était la cible de cette colère, mais comme il détestait l'homme vers lequel elle était dirigée, cela ne faisait que renforcer son attirance pour son patron. Bien entendu, cela ne lui apporterait rien de bon. Clay Hunter était aussi riche que Crésus et avait autant de sang bleu que la reine. Il ne s'intéresserait jamais à un garçon d'écurie qui venait des mauvais quartiers.

— Hé, vous !

Le ton impérieux de M. Hunter fit se hérisser les poils de Luke, mais il garda une expression impassible en se tournant vers son employeur.

— Oui, monsieur ?

— Comment vous appelez-vous ?

— Luke Davis.

— Depuis combien de temps travaillez-vous ici, Luke ?

— Six mois, monsieur.

— Ne savez-vous pas que ce cheval est dangereux ?

Luke fit non de la tête et tapota le garrot de King.

— Non, monsieur. Il se sent juste seul. Je lui apporte des carottes ou des pommes et en échange, il ne me mord pas et ne me donne pas de coups de sabot. C'est un bon marché.

M. Hunter l'observa avec attention pendant un long moment et Luke commença à s'inquiéter pour son travail, mais près de lui, King baissa la tête pour arracher une bouchée d'herbe ; toute la tension que Luke avait observée chez l'étalon lorsqu'il l'avait rejoint à l'extérieur avait disparu. Peu importe ce que

M. Hunter attendait, il en avait manifestement assez vu puisqu'il fit demi-tour et rentra dans l'écurie, libérant Luke de son regard perçant.

— Joe ! cria M. Hunter.

Luke cessa de penser à cet homme et donna une dernière petite tape à King.

— Je ferais mieux de retourner travailler. Je vais nettoyer ta stalle pendant que tu es dehors et je t'amènerai la pomme que je t'ai promise lorsque je serai en pause déjeuner.

Luke se dirigea vers l'écurie des étalons, s'assurant de bien refermer le portail du paddock derrière lui. Il ne voulait pas être responsable de la fuite d'un cheval. Il alla chercher une brouette, un râteau et une fourche pour nettoyer la stalle de King et avança vers celui-ci.

— Ah, te voilà, Luke ! dit M. Bryant en sortant du bureau lorsque Luke passa devant. J'ai des nouvelles pour toi.

— Oui, monsieur ?

— Combien de fois t'ai-je demandé de m'appeler Joe ?

Luke ne comptait plus, mais Joe Bryant était assez âgé pour être son grand-père et possédait une aura qui forçait le respect.

— Excuse-moi, Joe. J'essaierai de m'en souvenir.

— Ce serait préférable parce que nous allons bientôt passer plus de temps à travailler ensemble. Tu viens d'obtenir une promotion.

— Une promotion ? répéta Luke.

— Exactement. Il y a cinq minutes, tu es devenu le palefrenier de King. Toutes ces journées passées à ne faire rien d'autre que nettoyer les stalles sont terminées.

Les oreilles de Luke sonnèrent et il lutta contre l'étourdissement qu'il ressentait à cette annonce.

— Je ne suis pas sûr de bien comprendre. Enfin, je sais que je vais devoir prendre soin de lui, mais c'est loin d'être un travail à temps plein. Même si je le brosse le matin et le soir, le nourris et le sors, j'aurais encore du temps à tuer. Évidemment, je vous suis reconnaissant, mais je ne comprends pas.

— Non, je m'en doute bien. Après tout, ça ne fait que six mois que tu travailles ici. Que sais-tu de l'histoire de King ?

— Ce que j'en ai vu à la télévision. On ne peut pas travailler dans ce secteur d'activité et ne pas avoir vu cette course.

M. Bryant soupira.

— Le Grand National. La plus grande course de steeple-chase, du moins en Angleterre. Cette année-là, ils étaient les favoris de cette course. Le grand Nick Morris, meilleur cavalier de steeple-chase de notre époque, montant King of Hearts, le cheval le plus rapide et le plus fiable que nous avions vu depuis des années. Leur avantage était de se comprendre. Nick savait exactement ce dont King était capable et King lui faisait une confiance totale. Si Nick le menait vers un obstacle, King le franchissait. Ils étaient faits l'un pour l'autre. Puis Nick est tombé.

Luke avait regardé la course avec la même anticipation que M. Bryant venait de décrire. Cette anticipation s'était transformée en horreur lorsque Morris, en tête de la course, était tombé de selle. King était revenu à l'endroit où son cavalier était tombé pour le protéger, mais le flot de chevaux qui sautait l'obstacle qu'il venait de franchir était trop important pour qu'il puisse y faire face. La seule consolation pour la famille de Morris avait été d'apprendre qu'il s'était brisé le cou lors de la chute, ce qui l'avait tué instantanément. Il n'avait pas senti les sabots qui avaient réduit son corps en bouillie. Cependant, King n'avait plus jamais été le même.

— Mais qu'est-ce que ça a à voir avec moi ? demanda Luke, s'efforçant de ne pas repenser à cette course.

— Depuis ce jour, King n'a laissé que deux personnes l'approcher sans devenir fou : Clay et moi. Enfin, jusqu'à aujourd'hui. Clay m'a dit que tu étais dans le paddock avec lui ce matin et que lorsque tu lui as tourné le dos, il n'a rien fait.

— Je ne suis pas un de ces hommes qui murmurent à l'oreille des chevaux, protesta Luke, effrayé par le tournant que prenait cette conversation. Je le traite simplement de la même manière dont je traite tous les autres chevaux.

— Ce que tu es ou n'es pas n'a pas d'importance. Ce qui est important, c'est que King te fasse confiance. Il nous tolère, Clay et moi, mais nous connaissions Nick. Ses sentiments pour nous sont liés à ce jour et à cette perte. Tu es différent. Tu n'as rien à voir avec cette période de sa vie.

— Je prendrai soin de lui. Ça ne me dérange pas du tout. J'ai juste l'impression qu'il ne s'agit pas simplement de le brosser et de le nourrir.

— Clay veut qu'il se reproduise, mais tu as entendu à quel point, ça s'est mal passé ce matin. Il pense que la manière dont King se comporte avec toi pourrait faciliter le processus. Tu serais avec lui dans l'enclos à saillie pour qu'il reste calme et tu le ferais sortir si jamais la saillie se passait mal.

— Je ne connais strictement rien aux saillies, rétorqua Luke.

— Je n'ai pas dit que tu serais responsable, dit M. Bryant avec un rire indulgent. Je suis toujours l'entraîneur de Bywater Farm. Mais tu arrives à l'apaiser. Tu serais là pour lui tenir la tête, pour faire en sorte qu'il reste calme, pour l'accompagner tout au long du processus. Et plus important encore, pour prendre soin de lui avant et après la saillie pour que sa confiance en toi grandisse.

— Je ferai de mon mieux, lui assura Luke. Euh… M. Hunter sera-t-il présent ?

— N'y pense même pas, jeune homme. Mis à part King, le seul être vivant qui a le plus souffert à la suite du décès de Nick est Clay. King est peut-être prêt pour une nouvelle vie d'étalon, mais Clay est toujours en deuil.

— Ce n'est pas ce que je voulais dire, répliqua Luke.

À en croire le scepticisme sur le visage de M. Bryant, il avait répondu un peu trop vite.

— C'est simplement que… M. Hunter me rend nerveux et si je suis nerveux, il y a des chances pour que King le soit aussi. Je ne veux pas être la raison de l'échec d'une saillie. J'aime travailler ici.

Il avait *besoin* de travailler ici.

— Je ne peux pas l'empêcher d'assister à la saillie, répondit M. Bryant. King est son cheval. Concentre-toi simplement sur ton travail. Le reste suivra.

Si seulement ces paroles étaient aussi rassurantes que M. Bryant voulait qu'elles le soient.

Chapitre deux

LUKE abaissa la béquille de son scooter et posa son casque sur le siège. Mme Twitchell, sa propriétaire, avait libéré un petit espace dans le garage lorsqu'elle avait réalisé qu'il conduisait un scooter et non pas une voiture. Cela lui permettait de ne pas s'inquiéter de se faire voler son casque durant la nuit. Il frotta ses mains à travers ses gants épais et pria afin que le printemps arrive vite. Il ne savait pas combien de temps il supporterait encore l'hiver.

— Luke, viens te réchauffer. J'ai fait un feu de cheminée et le thé est prêt.

Luke leva les yeux et sourit lorsqu'il vit Mme Twitchell qui se tenait à la porte reliant le garage au reste de la maison.

— Je devrais aller accrocher mon manteau là-haut, dit-il.

Il se dirigea vers la porte qui menait à son petit studio au-dessus du garage.

— Sottises. Tu vas attraper froid lorsque tu vas redescendre. Il ne neige pas, alors ton manteau ne doit pas être mouillé. Tu peux le laisser dans ma cuisine pour quelques heures. Maintenant, viens prendre le thé.

Luke la suivit sagement dans la buanderie qui menait à la cuisine. Il accrocha son manteau et son écharpe sur le portemanteau qui se trouvait près de la porte et retira ses bottes pour ne pas rapporter de terre ou bien pire dans sa cuisine immaculée. Lorsqu'il passa la porte, elle lui avait déjà versé le thé et ajoutait deux sucres ; c'est ainsi qu'il l'aimait.

— Viens t'installer et te réchauffer. J'ai fait des croquants aux cacahouètes. C'est une nouvelle recette. Tu dois me dire ce que tu en penses. Je suis très mauvaise lorsqu'il s'agit de juger mes nouvelles recettes.

Elle disait tout le temps cela, mais Luke avait trouvé toutes ses recettes délicieuses.

— Je suis sûr qu'ils sont fabuleux.

Il touilla son thé et en prit une gorgée, laissant la chaleur et la théine chasser le froid qui avait imprégné son corps durant son trajet jusqu'à la maison. Cet hiver n'était pas particulièrement froid selon les standards du Kentucky, mais cela ne voulait pas dire qu'il était doux. La journée n'avait pas été glaciale, mais pas douce non plus.

— Merci. C'est exactement ce dont j'avais besoin, dit-il avant de prendre une autre gorgée.

Mme Twitchell lui sourit et posa une assiette de croquants aux cacahouètes devant lui. Lorsqu'il avait emménagé, Luke avait été gêné de la laisser le nourrir si souvent, mais il avait découvert qu'il était impossible de lui dire non. Il avait alors décidé de lui rendre la pareille en effectuant des tâches dans la maison. Il tondait la pelouse, ramassait les feuilles, déblayait l'allée lorsqu'il neigeait et faisait tout son possible pour se rendre utile. Elle lui disait régulièrement qu'il n'avait pas besoin de faire tout cela, mais il réussissait toujours à l'amadouer en insistant sur le fait que sa mère l'avait mieux éduqué que cela.

— Qu'en penses-tu ? demanda-t-elle lorsqu'il goûta un morceau.

— C'est délicieux, dit-il tout en dégustant ce paradis croquant et beurré. Je ne sais pas comment vous faites, mais chaque recette que vous testez est meilleure que la précédente.

— C'est une question de motivation. Si je continue à préparer de bonnes recettes, tu continueras à te joindre à moi pour le thé ou le dîner. J'aime avoir de la compagnie.

— Moi aussi. Je ne me suis jamais habitué à vivre seul.

— Assez parler de cela. Dis-moi ce que tu as fait aujourd'hui.

Ils avaient pratiquement la même conversation tous les jours, mais aujourd'hui, Luke avait de bonnes nouvelles à lui annoncer.

— J'ai été promu. Je ne sais pas si ça signifie que je vais gagner plus d'argent, mais en tout cas j'ai plus de responsabilités.

— C'est merveilleux. Je t'avais bien dit que ce n'était qu'une question de temps et qu'ils se rendraient bientôt compte de ton acharnement au travail. Que vas-tu faire ?

— J'ai été assigné en tant que palefrenier de l'un des étalons. Selon l'entraîneur, c'est un cheval difficile à gérer, mais comme il m'apprécie, je vais prendre soin de lui à partir de maintenant. Je vais le nourrir, le panser, lui faire faire de l'exercice et même donner un coup de main lors des saillies.

— C'est superbe !

— Oui, en effet, confirma Luke.

Pourtant, cela ne calma pas ses nerfs. Son hésitation dut se lire sur son visage, car Mme Twitchell tendit le bras par-dessus la table et lui tapota la main.

— Mais ? demanda-t-elle.

— C'est stupide, dit Luke dans un soupir.

— Si ça te tracasse, ce n'est pas stupide.

— C'est juste que... tout le monde parle du fait que King est traumatisé et qu'il est difficile de travailler avec lui. Il n'essaye pas de me mordre, de me mettre des coups ou quoi que ce soit, pourtant quelles compétences ai-je pour travailler avec un cheval comme lui ? Je ne suis pas un expert en chevaux. Je peux nettoyer leurs stalles, gérer la sellerie ou ce genre de choses, mais je n'ai jamais fait ce qu'ils me demandent de faire. Qu'arrivera-t-il si je n'y parviens pas et que j'empire la situation ?

— Parfois, le plus difficile avec une expérience traumatisante, c'est qu'après, plus personne ne sait comment se comporter, dit doucement Mme Twitchell. Et parfois, ce dont la personne traumatisée a le plus besoin, c'est d'être traitée normalement. Après la mort de mon fils, j'ai dû me faire de nouveaux amis qui ne savaient pas que j'avais été mère pour ne pas me retrouver constamment avec des personnes qui marchaient sur des œufs en ma présence. Peut-être que le fait que tu ne le traites pas différemment est exactement ce dont ce cheval a besoin.

— Vous le pensez vraiment ?

Il n'avait jamais vraiment su ce qui était arrivé au fils de Mme Twitchell, car elle ne l'avait mentionné que de manière indirecte, comme elle venait de le faire. La seule fois qu'il lui avait demandé ce qui s'était passé, elle avait continué de parler comme si elle ne l'avait pas entendu.

— Oui, je le pense vraiment et si j'ai tort, tu pourras dire à ton patron que tout est de ma faute, répondit-elle avec le sourire.

Luke rit en entendant ces paroles.

— Je suis sûr que ça le fera immédiatement changer d'avis, plaisanta-t-il.

— Il vaudrait mieux s'il ne veut pas avoir affaire à moi. Prends un dernier croquant aux cacahouètes et monte te laver. Le dîner ne sera pas prêt avant une heure. Tu as le temps de prendre une douche.

— Vous n'êtes pas obligée de me nourrir, protesta Luke.

— Tu m'obligerais à manger toute seule ? répondit-elle malicieusement.

Luke céda. Il savait à quel moment rendre les armes.

— Bien sûr que non. Je veux juste que vous ne vous sentiez pas obligée de le faire. J'ai une cuisine dans mon studio.

— En effet et, j'ai vu ce que tu gardais dans ton réfrigérateur. Tu as besoin de plus que des plats congelés et des plats tout prêts pour rester en bonne santé.

Cela ressemblait tellement aux propos que la mère de Luke avait tenus avant de tomber malade qu'il eut envie de pleurer. Sa mère était partie depuis trois ans, mais elle lui manquait toujours autant.

— Je serai de retour dans une demi-heure. Il ne me faut pas plus de temps pour prendre une douche et me changer.

Elle le chassa hors de la cuisine. Il prit son manteau et ses bottes avec lui, traversa le garage en chaussettes et monta l'escalier qui menait au grenier aménagé en studio. Il posa ses bottes en haut des marches et pendit son manteau sur le crochet de sa porte. L'espace ouvert était frais. Mme Twitchell lui avait répété plusieurs fois qu'il n'avait pas besoin de baisser la température des radiateurs pendant qu'il était au travail, mais il ne voulait pas que la facture d'électricité de sa propriétaire augmente inutilement. Elle lui demandait déjà très peu d'argent pour le loyer et le dépensait certainement dans la nourriture qu'elle insistait pour partager avec lui chaque soir. Il augmenta le thermostat de deux degrés afin que l'appartement se réchauffe pendant qu'il allait dîner. La vapeur d'eau dans la salle de bain suffirait à rendre la température de la pièce tolérable le temps qu'il prenne sa douche. Il alla chercher des vêtements propres pendant que l'eau se réchauffait, puis il se glissa dans la cabine de douche.

Son esprit fonctionna à mille à l'heure pendant qu'il se lavait les cheveux et le corps. Il puait le fumier ; dorénavant, ce ne serait peut-être plus souvent le cas. M. Bryant n'avait pas listé le nettoyage de la stalle de King dans ses nouvelles attributions, même s'il n'avait pas non plus dit que quelqu'un d'autre s'en occuperait. Cela pourrait facilement entrer dans la case « tout ce dont King a besoin », qui était l'avant-dernier point de la liste. Le dernier point était encore plus déconcertant : « Et tout ce que M. Hunter vous demande de faire. »

L'insaisissable M. Hunter… Luke laissa ses pensées vagabonder vers son mystérieux patron. Il l'avait déjà croisé par le passé, même si cela n'était pas arrivé assez souvent pour pouvoir dire qu'il le voyait régulièrement, mais chaque fois, la beauté de cet homme lui avait coupé le souffle. Bien plus grand qu'un mètre quatre-vingt, cheveux bruns parfaitement coupés et coiffés, traits ciselés, large d'épaules, taille fine, voix assez grave pour résonner à travers l'écurie et assez de sérieux pour capter l'attention de toute une salle par sa seule présence. Exactement le type d'homme qui ne porterait aucun intérêt à un employé sauf dans la mesure où cet employé pouvait être utile à l'écurie. M. Bryant l'avait averti de ne pas s'éprendre de M. Hunter, mais Luke ne pouvait s'empêcher de le regarder. Au moins, il n'avait pas à s'inquiéter de perdre son travail à cause de son homosexualité. Tout le monde savait que Clay Hunter et Nick Morris avaient été amants avant la mort de ce dernier. Cela rendait la fascination de Luke encore plus difficile à ignorer. Si M. Hunter avait été hétérosexuel, Luke aurait considéré qu'il était hors d'atteinte et qu'il était inutile de fantasmer. Mais dans les circonstances actuelles, même s'il savait qu'il n'avait aucune chance, le fait que M. Hunter soit gay lui suffisait pour continuer à fantasmer.

Il chassa ces pensées de son esprit et termina de se doucher. Mme Twitchell était en train de l'attendre pour dîner. Elle avait dit que le dîner serait prêt dans une heure, mais s'il ne descendait pas rapidement, elle viendrait frapper à sa porte. Il s'essuya et enfila un pantalon et un polo, les seuls beaux vêtements qu'il possédait. Il ne les portait pas tous les soirs pour dîner, mais il devait faire une machine, alors il ne lui restait que cela en dehors des vêtements de travail qu'il porterait demain. Il faudrait qu'il se rende à la laverie après le dîner.

Il n'avait pas besoin de se coiffer. Il avait gardé les cheveux courts après les avoir rasés pour rendre le sourire à sa mère lorsque la chimiothérapie avait emporté ses cheveux. Vu leur longueur, une brosse ne ferait rien d'autre que lui gratter le crâne.

Il était en train d'enfiler ses chaussures lorsqu'il entendit frapper à la porte.

— Je descends dans une seconde, dit-il.

— Tu descendras ton linge en même temps, lança-t-elle du bas des escaliers. Je vais faire une tournée de linge demain et tu sais que mes vêtements ne suffisent jamais à faire une grande machine.

Luke ne jura pas, bien qu'il en eût très envie. Il avait espéré se rendre à la laverie le lendemain matin, avant qu'elle ne puisse lui demander de descendre son linge sale, mais elle commençait à comprendre sa manière de fonctionner. Il devrait bientôt faire ses tournées de linge plus tôt s'il voulait garder le contrôle sur ses vêtements. Il appréciait toute son aide, mais il avait sa fierté. Il pourrait peut-être ne lui confier que la moitié de son linge.

Il sortit ses jeans et ses pulls de son panier à linge et les sépara, mais il n'avait pas tant de vêtements que cela. S'il n'emportait que la moitié de ses vêtements pour qu'elle les mette à la machine, elle le remarquerait. Dans un soupir, il remit tout son linge dans le panier et l'emporta avec lui jusqu'en bas.

— Demain, je m'arrêterai au supermarché en rentrant, dit-il en posant son panier près du lave-linge et du sèche-linge dans la buanderie. Je vous dois un bidon de lessive. De quoi d'autre avez-vous besoin ?

— Je te ferai une liste et je la poserai sur ton scooter ce soir.

Luke savait ce qui allait se passer : elle n'écrirait que deux ou trois choses sur une liste, mais c'était déjà un début.

— Maintenant, viens m'aider à mettre la table et nous pourrons dîner.

Chapitre trois

LE lendemain, Luke se rendit encore plus tôt que
d'habitude à Bywater Farm. M. Bryant ne lui avait pas
annoncé de changement d'horaires, mais Luke voulait
prendre le temps de s'installer avant que quelqu'un
lui demande de faire quelque chose dont il n'avait pas
l'habitude. Il rangea son casque et son manteau dans
son casier à la sellerie. Il ne faisait pas très chaud dans
l'écurie, bien que les radiateurs soient allumés dans les
stalles, mais il faisait bien meilleur qu'à l'extérieur,
dans le froid glacial. La température avait chuté durant
la nuit, ce qui rendait le trajet de Luke encore plus
désagréable. Il échangea ses gants de conduite contre
ses gants de travail, sortit une carotte de son sac et partit
retrouver King.

Il trouva l'étalon dans sa stalle, au fond de l'écurie. Il ouvrit la partie haute de la porte et appela doucement son nom. Immédiatement, King sortit la tête par la fenêtre et frotta son nez contre le torse de Luke.

— Aujourd'hui, comme promis, je n'ai pas oublié, dit-il en lui offrant la carotte. Mange-la pendant que je vérifie si le paddock est en bon état et que je récupère ta couverture. Il fait froid ce matin. Je sais que tu veux sortir galoper, mais tu ne peux pas aller dehors sans être couvert.

King arracha la carotte de la main de Luke et rentra la tête à l'intérieur de la stalle. Luke entendit le bruit qu'il fit en la croquant avec ses grandes dents. Il referma légèrement la partie haute de la porte afin que l'étalon ne puisse pas sortir la tête et mordiller quelqu'un qui passerait devant sa stalle, puis il partit chercher une longe et la couverture de King. Il trouva la longe au bout de la passerelle, à l'endroit où elles étaient toutes rangées, mais lorsqu'il se rendit à la sellerie, la couverture de King n'était pas rangée à sa place.

On ne lui avait pas mis sa couverture le jour précédent ; il n'avait pas fait aussi froid et la sortie de King dans le paddock n'avait pas été prévue. La couverture avait dû être utilisée quelques jours plus tôt. Luke vérifia les autres porte-couvertures pour s'assurer que celle de King n'avait pas été déplacée par erreur, mais chaque bras ne comptait qu'une couverture.

— Eh bien, quelle mauvaise manière de commencer une journée, marmonna-t-il.

Il se demanda un instant ce qu'il devrait faire. Il décida qu'il était plus important pour King de sortir prendre l'air et faire de l'exercice que d'attendre que Luke retrouve sa couverture. Les employés avaient le droit d'utiliser une autre couverture si la leur était sale ou mouillée et avait besoin d'être nettoyée. Pour l'instant, il en utiliserait une autre et chercherait celle de King plus tard. Il en attrapa une sur la pile et retourna aux stalles.

Il jeta la longe par-dessus son épaule et drapa la couverture sur son bras pour pouvoir faire coulisser la porte de la stalle afin de se glisser à l'intérieur. Il avait entendu les autres palefreniers dire que King était un expert lorsqu'il s'agissait de s'échapper, cherchant toujours un moyen de sortir. Il n'avait jamais fait le coup à Luke, mais ce dernier avait rarement eu l'occasion d'entrer dans sa stalle. King s'éloigna de la porte lorsque Luke entra en la refermant derrière lui. Luke fronça les sourcils en voyant l'agitation du cheval.

— Hé, mon grand, que se passe-t-il ? Ce n'est que moi. Je vais te conduire dehors afin que tu te dégourdisses un peu les jambes.

Quand Luke voulut attraper son licol, King releva brusquement la tête et s'éloigna.

— Qu'est-ce qui t'effraie ? se demanda Luke à voix haute.

Il tendit ses mains afin que King les sente et essaya de ne pas l'effrayer en évitant les gestes brusques.

— Que fais-tu là-dedans ?

Luke faillit bondir au plafond en entendant cette question posée sur un ton sec. King hennit et se recroquevilla dans le coin arrière de la stalle.

Luke ne se retourna pas pour faire face à la personne qui avait posé cette question. Il n'avait pas besoin de le faire pour reconnaître Michael Dougherty. Cet homme avait été une épine dans son pied depuis le jour où Luke avait accepté un poste à Bywater Farm.

— Mon travail, répondit-il froidement. Maintenant, je vais devoir te demander de partir. Tu effraies mon cheval.

— Ton cheval ? se moqua Dougherty. Attends de voir ce que le patron va en dire.

— Étant donné que c'est lui qui m'a demandé de travailler avec King, ça ne devrait pas lui faire un grand effet, répliqua Luke.

Il ne serait pas celui qui entamerait une dispute. Dougherty travaillait depuis bien plus longtemps que lui à Bywater Farm. Luke était certain que personne ne prendrait son parti face à Dougherty.

— Qu'est-ce que tu fais encore là ? demanda Luke.

— Je garde un œil sur toi, Davis. Tu n'es bon qu'à nettoyer les stalles – et peut-être à faire des fellations – et nous le savons tous. Tu n'as aucune compétence pour travailler avec les chevaux. Lorsque tu feras une erreur et qu'on te mettra dehors, je vais bien rire.

— Va voir ailleurs si j'y suis, Dougherty. Certains d'entre nous s'inquiètent de faire leur travail correctement.

Il ne se retourna pas pour voir si Dougherty s'en était allé. Il devait s'occuper de ce cheval effrayé.

— Ce n'est rien, King. Allons dehors. Tu te sentiras mieux après avoir un peu galopé.

Il se plaça près du flanc de l'animal pour poser la couverture sur son dos, mais King l'esquiva. Luke fronça les sourcils, puis il posa la couverture au sol.

— C'est ça le problème ? J'ai la mauvaise couverture ? Vas-tu me laisser attacher la longe et t'emmener dehors sans ta couverture ?

Ce n'était probablement pas une bonne idée, mais c'était la seule qu'il avait. Il sortirait King dehors pendant quelques minutes, juste assez pour qu'il se dégourdisse les jambes, puis il le ramènerait à l'intérieur. Si Luke ne mettait pas non plus de manteau, il pourrait utiliser son propre corps pour déterminer le moment où il faudrait ramener King dans sa stalle. Il aurait froid bien avant l'étalon au sang chaud.

King laissa Luke accrocher la longe à son licol et le mener hors de sa stalle. Dougherty n'était plus là, ce qui le soulagea. Il avait si peu confiance en ce palefrenier qu'il craignait que celui-ci effraie volontairement King. Dougherty ne blesserait pas délibérément un cheval, mais il ne se gênerait pas pour ternir la réputation des autres palefreniers.

Luke trembla dès qu'ils passèrent les portes qui se trouvaient de l'autre côté du bâtiment. Le vent était mordant malgré le grand soleil qui peinait à se lever au-dessus des arbres parsemés dans les pâtures entourant l'écurie. King redressa la tête, se pavanant au bout de la longe pendant que Luke le guidait jusqu'au paddock. Il s'assura que le portail était verrouillé et détacha la longe, laissant à King la liberté de galoper dans l'enclos. Luke s'assit sur la clôture en bois et se contenta de le regarder, fasciné par le mélange de majesté et de gaieté chez son nouveau protégé.

Il établit une liste mentale des tâches qu'il devait accomplir avant que M. Bryant – ou pire encore, M. Hunter – vienne à l'écurie pour vérifier son travail. Il devait panser King, s'assurer qu'il ait sa portion matinale de nourriture et de l'eau dans son abreuvoir, trouver sa couverture et vérifier que le reste de son équipement était à sa place. Même si plus personne n'utilisait la sellerie de King, Luke ne devait pas la laisser s'user. Le cuir allait finir par se détériorer si personne n'en prenait soin. Et s'il trouvait la couverture et pouvait laisser King plus longtemps dans le paddock, il devrait nettoyer la stalle et ajouter de la sciure fraîche. Il n'était peut-être plus responsable de toutes les stalles, mais il ne demanderait à personne d'autre de s'occuper de la stalle de King.

Cependant, tout cela pouvait encore attendre quelques minutes, parce qu'il faudrait commencer par ramener King à l'intérieur et Luke n'était pas encore prêt à le faire. Lorsque King expirait, de la vapeur s'élevait dans l'air hivernal. Lorsqu'il trotta jusqu'à Luke, toute l'agitation avait disparu de son regard. Il semblait heureux et rien que pour cela, Luke était prêt à affronter encore un peu le froid.

King se tourna et son flanc caressa les genoux de Luke ; pendant un instant, Luke s'imagina en train de passer une jambe par-dessus le dos de King et partir au galop. Il n'irait probablement pas loin en montant un pur-sang sans selle ni bride, qui n'avait plus été monté depuis un an et demi, mais ce serait merveilleux le temps que cela durerait. Cependant, cela lui ferait perdre son poste et il ne pouvait pas se le permettre, alors il descendit de la clôture et attrapa à contrecœur la longe.

— Il est temps de rentrer. Tu retourneras dehors après le déjeuner, d'accord ?

King ne bougea pas lorsque Luke accrocha la longe, alors il prit cela comme un accord et mena le cheval dans l'écurie.

Il avait installé King dans sa stalle et vérifiait la portion de nourriture à lui donner lorsque M. Bryant débarqua.

— Bonjour, Luke. Je suis heureux de voir que tu es déjà en train de travailler. J'ai dit à Clay que tu étais la bonne personne pour ce travail.

— Merci, monsieur. Je travaillerai plus rapidement une fois que je connaîtrai tous les détails concernant King. Pour l'instant, je dois toujours vérifier des choses ou trouver des affaires si elles ne sont pas à leur place. J'ai été incapable de trouver sa couverture ce matin et il n'a pas voulu porter celle que j'ai essayé de lui mettre.

Il mesura la portion de nourriture et laissa le cheval manger énergiquement ses granulés pendant qu'il repartait à la recherche de cette couverture. Après avoir passé une demi-heure à chercher dans tous les endroits où l'on pourrait l'avoir rangée, même dans quelques endroits où il serait idiot de l'avoir posée, il la retrouva derrière le sèche-linge industriel. Il avait envie de croire que quelqu'un l'avait posée au-dessus de la machine et qu'elle était tombée plutôt que de se dire qu'une personne l'avait délibérément cachée ici, mais il ne pouvait s'empêcher de penser que c'était étrange.

Luke posa la couverture sur son bras, attrapa le kit de pansage de King et retourna à sa stalle. L'étalon avait toujours le nez plongé dans sa mangeoire, alors Luke posa toutes ces affaires au sol et se versa une tasse de café avec le thermos qu'il rapportait de la maison chaque matin. Il but ce liquide amer en attendant que King finisse son repas. Ce n'était pas du bon café, mais c'était tout ce qu'il pouvait se permettre. Mme Twitchell ne buvait que du thé, alors il ne pouvait pas compter sur sa pitié le matin. Cela n'empêchait pas que son thermos contenait un liquide chaud et caféiné alors, il valait le coup d'être bu.

Encore six mois. S'il n'effectuait pas de dépenses imprévues dans les six mois, sa dette serait presque remboursée et il pourrait lever le pied sur ses mesures d'austérité.

Au moins pour s'acheter du café de qualité au lieu de ce jus de chaussette.

Il termina de boire sa tasse, referma le thermos et rejoignit King. L'étalon le poussa de son nez, ce qui fit rire Luke.

— Tu te sens mieux maintenant que tu as déjeuné ? demanda-t-il en posant le kit de pansage dans un endroit où il ne risquait pas d'être écrasé.

Il commença à brosser le cou et le poitrail de King avec l'étrille. Comme sa robe hivernale était longue et épaisse, elle était presque hirsute au lieu d'être lisse et brillante comme on avait l'habitude de le voir sur des étalons, mais Luke préférait voir King ainsi. Il était lui-même et non cette image parfaite que l'on aimait montrer à la télévision.

King, satisfait, laissa retomber sa tête pendant que Luke brossait son garrot, son dos et son ventre. Il n'utiliserait pas l'étrille pour brosser les jambes ou la tête du cheval, mais le reste de son corps eut droit à un brossage énergique durant lequel il frotta fort en formant des cercles afin de le débarrasser de tous les nœuds et de la terre qui aurait pu se coincer dans sa robe épaisse et marron.

Lorsqu'il eut terminé et que ses bras furent endoloris par la fatigue d'avoir effectué un mouvement répétitif, il échangea l'étrille contre une brosse dure qui chasserait tous les poils et la terre qu'il avait décoincés. Il brossa aussi les jambes de King à l'aide de cette brosse, faisant bien attention à retirer toute la terre accumulée sur ses boulets. Le paddock était plein de boue à cause de la neige fondue et la partie inférieure des jambes de King en était recouverte. Il termina avec une brosse douce pour faire briller sa robe et brosser sa tête, même s'il ne l'avait pas sali.

— Bien. Nous allons vérifier tes sabots maintenant, d'accord ?

Tous les paddocks de Bywater Farm étaient consciencieusement entretenus, mais peu importe combien de fois ils les vérifiaient, on retrouvait parfois des petits cailloux dans la terre. Ils provenaient soit du sol calcaire du Kentucky, soit des anciennes clôtures en pierre qui délimitaient encore la propriété par endroits. Un sabot blessé par une pierre pouvait obliger un cheval à ne plus concourir pendant des semaines.

King avait accumulé de la terre sous ses sabots, mais à son grand soulagement, Luke la retira et ne vit aucune trace de cailloux. Plus tard, lorsque le soleil serait levé et que la température serait aussi chaude qu'un mois de février le permette, il irait faire un tour au paddock pour s'assurer qu'il n'y ait pas de cailloux.

— Prêt à retourner dehors ? demanda-t-il en attrapant la couverture de King.

Le cheval la renifla pendant une minute avant de se tourner afin que Luke puisse la lui poser sur le dos et l'attacher au niveau de son ventre grâce aux sangles fines. Il accrocha la longe au licol de King, lui fit traverser l'écurie et l'emmena jusqu'au paddock.

Après avoir libéré l'étalon, il le regarda se ruer et galoper pendant une minute à travers le grand enclos, mais il avait encore du travail qui l'attendait à l'intérieur. Il ne pouvait pas passer sa journée à admirer son nouveau protégé.

Il commença à retourner vers l'écurie et se figea, souhaitant pouvoir se tapir dans les ombres. M. Hunter se tenait debout à l'angle du bâtiment et regardait aussi King. Luke hésita à faire comme s'il ne l'avait pas vu – M. Hunter ne semblait pas avoir remarqué sa présence –, mais il devait au moins le remercier.

— Il semble heureux d'être dehors, dit Luke en effaçant la distance qui le séparait de son patron.

— Il a toujours préféré être dehors. Peu importe qu'il fasse froid, chaud ou humide, il préférera toujours être dehors au lieu d'être enfermé dans une stalle.

— Je m'en souviendrai. Les matins où nous n'aurons pas besoin de lui, je pourrais le mettre au paddock dès l'aube et le laisser gambader. Il y a peu de chance qu'il en sorte.

M. Hunter laissa échapper un rire incrédule et ironique qui donna envie à Luke de disparaître de la surface de la Terre.

— Vous l'avez déjà vu sauter ? S'il voulait sortir de ce paddock, il serait déjà dehors. Il franchit des obstacles d'un mètre quatre-vingts, voire de deux mètres comme si ce n'était rien.

— Oui, je l'ai vu sauter, répondit doucement Luke. Mais seulement à la télévision. J'ai toujours pensé que franchir des obstacles était une chose que les chevaux faisaient parce qu'ils y étaient obligés, pas parce que c'était leur instinct.

— Vous avez raison, c'est le cas de la plupart des chevaux. Ils préfèrent contourner un obstacle plutôt que de le franchir et ils laisseraient une barrière les stopper si on ne les encourageait pas à sauter. Mais de temps en temps, on croise un cheval qui n'a pas besoin d'encouragements. King appartient à cette catégorie.

— C'est dommage qu'il ne concoure plus.

Le visage de M. Hunter s'assombrit ; le deuil et la colère se lisaient sur ses traits.

— Il n'a laissé personne le monter depuis l'accident et je ne veux pas prendre le risque de le blesser ou qu'un cavalier se blesse. Il peut rapporter de l'argent à l'écurie en tant qu'étalon. Son palmarès le lui permet.

Luke aurait aimé qu'un gouffre s'ouvre sous ses pieds pour pouvoir y tomber. À chaque fois qu'il parlait, il disait la mauvaise chose.

— Je devrais retourner travailler. Il me reste encore beaucoup de choses à faire.

— Le vétérinaire arrive après l'heure du déjeuner pour récupérer un échantillon de sperme. Je m'attends à ce que vous soyez là pour faire en sorte que King reste calme.

— Oui, monsieur, répondit Luke avant de se précipiter dans l'écurie.

Il prit une brouette et une fourche. Peu importe si nettoyer la stalle de King était ou non l'une de ses nouvelles attributions, il avait besoin de l'échappatoire que cela lui offrait. Si ce n'était plus à lui de le faire, quelqu'un d'autre pourrait le faire demain.

Chapitre quatre

— **LUKE,** le Dr Weaver est arrivé, lança M. Bryant lorsqu'il entra dans la salle de pause où celui-ci terminait son déjeuner.

Luke lui fit signe de la main et avala le reste de son café. Il jeta le sac où s'était trouvé son déjeuner dans son casier avant de suivre M. Bryant vers l'enclos à saillie.

— Je vais chercher King ?

— Dans une minute. D'abord, viens faire la connaissance du Dr Weaver. Il te donnera une idée de ce qui t'attend afin que tu ne sois pas surpris.

Luke entra avec l'entraîneur dans l'enclos à saillie, une grande salle en béton sans fenêtres avec une grande porte coulissante menant à l'extérieur. D'un côté se trouvait une table en métal recouverte de matériel dont

Luke n'était pas certain de vouloir connaître l'utilité. Au centre de la pièce se tenait la fausse jument que devait monter King pour qu'ils puissent récupérer un échantillon de son sperme.

— Comment vas-tu, Steve ? demanda M. Bryant lorsqu'ils entrèrent.

Le vétérinaire, un homme maigre d'une cinquantaine d'années aux cheveux noirs et fins et au sourire amical, se retourna en entendant ces paroles. Il traversa la pièce et serra la main de M. Bryant.

— Je vais bien, Joe. Je suis heureux de te revoir.

— Je te présente Luke. C'est le nouveau palefrenier de King. J'espère qu'il va nous permettre d'augmenter nos chances de réussite.

— Ce n'est pas inhabituel pour un étalon de mettre du temps à s'habituer au procédé de la saillie. Je vous ai dit, à Clay et à toi, de ne pas vous inquiéter autant. Si je me souviens bien, il ne s'est pas non plus habitué à porter une selle dès la première fois où vous lui en avez posé une sur le dos.

— Tu sais comment est Clay. Il doit toujours avoir le contrôle de la situation. Hier, il a été humilié et c'est l'une des choses qu'il déteste le plus au monde. Je te laisse expliquer à Luke comment va se dérouler notre après-midi pendant que je vais dire à Clay que tu es arrivé. Nous pourrons commencer dès que je serai de retour.

— Ravi de faire votre connaissance, dit Luke lorsque M. Bryant partit. Je suis désolé d'être un tel fardeau.

— Qui a parlé de fardeau ? Si Joe a raison en ce qui vous concerne, vous allez rendre mon travail bien plus facile. Avez-vous déjà travaillé avec des étalons reproducteurs ?

Luke fit non de la tête.

— J'ai surtout nettoyé les stalles. Enfin, je connais les bases de la reproduction. Il faut faire attention à la lignée du cheval et ce genre de choses, mais je n'ai jamais donné un coup de main pour réaliser une saillie. Je n'en ai jamais vu non plus.

— Il y a deux manières pour les chevaux de se reproduire, expliqua le vétérinaire. L'insémination artificielle et la saillie en monte naturelle. La plupart des étalons se reproduisent lors de saillie en monte naturelle, mais nous travaillons avec quelques éleveurs, principalement des Européens, qui souhaitent croiser les étalons avec d'autres espèces et se fichent que ce soit fait par insémination artificielle. Lors des saillies en monte naturelle, les chevaux font le plus gros du travail. Ce n'est pas vraiment différent lors d'une insémination artificielle. Le plus grand souci avec King of Hearts, c'est qu'il est facilement effrayé et s'il devient trop incontrôlable, il est possible qu'il se blesse ou blesse la jument. Votre rôle est de faire en sorte qu'il reste calme et de le faire sortir de l'enclos si ça devient impossible.

— Je peux faire ça, affirma Luke. Y aura-t-il une vraie jument aujourd'hui ? Il me semble avoir entendu M. Bryant dire que vous n'alliez prélever qu'un échantillon.

— Vous avez bien entendu, nous allons simplement faire un prélèvement, mais ce ne sera pas toujours le cas. King of Hearts a été un champion. Les éleveurs attendent avec impatience leur tour pour avoir une chance d'accoupler leur jument avec lui. Si nous arrivons à le faire coopérer, les mois qui viennent seront bien chargés.

Luke observa la pièce.

— Alors je l'amène jusqu'ici, j'essaye de lui faire monter le mannequin et je laisse la nature faire son travail ?

— En résumé, oui. Étant donné que le mannequin ne produit pas de phéromones, nous le mettrons en contact avec une jument en chaleur pour l'exciter avant de le faire entrer dans l'enclos. Mis à part cela, ça devrait être facile.

Facile. Ce n'était pas le mot que Luke aurait utilisé pour qualifier le fait de guider un étalon nerveux et excité sous l'œil de son propriétaire extrêmement séduisant dont la seule existence perturbait Luke. Pourtant, c'était sa nouvelle mission et il était déterminé à la mener à bien.

— Voulez-vous que j'aille chercher King ? demanda Luke.

— Oui, emmenez-le dans le petit paddock près de l'enclos à saillie. Nous ferons venir la jument fertile près de la clôture dès qu'il arrivera. Vous allez sûrement avoir du mal à le maîtriser lorsqu'ils seront tous les deux.

Luke alla récupérer King et l'emmena dans le petit enclos. King lui donna un coup de tête comme pour lui demander ce qu'ils faisaient ici au lieu d'aller dans son paddock habituel.

— Tout va bien, dit Luke en lui caressant le chanfrein pour l'apaiser. Nous allons juste faire la connaissance d'une belle jeune demoiselle, puis nous irons dans cette pièce afin que tu puisses faire tes affaires et nous donner de magnifiques poulains. Inutile de t'inquiéter.

King s'ébroua, mais ses oreilles se dressèrent instantanément lorsque Dougherty apparut, accompagné de l'une des juments. Luke n'en connaissait pas beaucoup, étant donné qu'il ne travaillait que dans l'écurie des étalons, mais la réaction de King lui permit de déduire qu'il s'agissait de la jument en chaleur. Luke tenait la longe de manière lâche et suivit King près de la clôture. Si ce dernier prenait la décision de sauter par-dessus la clôture, il n'était pas sûr de pouvoir le retenir, mais il essaierait.

King passa la tête par-dessus la clôture, ses naseaux s'élargissant lorsqu'il sentit la jument. Dougherty la fit passer juste devant King et continua de marcher. King n'essaya pas de la suivre, mais Luke vit la manière dont il l'observait. Elle avait clairement réussi à capter son attention. Arrivé au bout du paddock, Dougherty fit demi-tour et se dirigea à nouveau vers l'endroit où Luke patientait avec King. Cette fois-ci, lorsqu'elle arriva près de lui, King tendit le cou aussi loin que possible par-dessus la clôture et lui mordilla le flanc. Elle s'éloigna en lui lançant un regard noir et blasé. Cela aurait fait rire Luke s'il n'y avait pas eu autant de tension dans l'air. À cet instant, il avait simplement du mal à reprendre son souffle devant ce début de parade nuptiale. Même en sachant que cela allait se terminer avec un mannequin et un récipient en plastique, Luke ne pouvait s'empêcher d'être envoûté.

Dougherty conduisit la jument hors de portée, mais cette fois-ci, King essaya de la suivre. Luke regarda autour de lui pour obtenir des instructions. Était-il censé retenir l'étalon ? Le Dr Weaver lui fit signe de le laisser partir, alors Luke accompagna King au bout de l'enclos. Dougherty éloigna la jument de la clôture lorsque l'étalon se cabra et prouva à Luke qu'il était effectivement monté comme un cheval.

— Faites-le entrer, ordonna le Dr Weaver.

Luke hocha la tête et tira fort sur la longe. Pendant un instant, il crut que King allait résister, mais le cheval céda et le suivit jusque dans la pièce. Luke se plaça de l'autre côté du mannequin et encouragea l'étalon à monter cette fausse jument. Dans son champ visuel périphérique, il vit une petite porte s'ouvrir et se refermer lorsque le Dr Weaver, M. Bryant et M. Hunter entrèrent, mais il ne décrocha pas son regard de King.

L'étalon déchira le vinyle qui recouvrait le mannequin avec ses sabots avant lorsqu'il pénétra la fausse croupe.

— A-t-il trouvé l'entrée ? demanda M. Hunter au vétérinaire.

Luke ignora le frisson qui le parcourut en entendant cette voix profonde et s'interdit de regarder dans la direction de M. Hunter. Ses genoux étaient déjà en train de trembler à cause du stress et de l'odeur de sexe. La dernière chose dont il avait besoin était de rencontrer le regard de son patron.

— On dirait, oui, répondit le Dr Weaver. Il ne nous reste plus qu'à laisser la nature faire son travail. King était en érection lorsque Luke l'a fait entrer et il est en train de pénétrer le vagin artificiel. Il ne devrait plus tarder à terminer. Une fois que nous aurons l'échantillon, nous l'enfermerons et le congèlerons pour l'expédier.

Luke se mit à rougir. C'était une discussion clinique, rien de plus. Elle ne devrait pas l'affecter. Personne d'autre n'était affecté par ces mots dans la pièce. Pourtant, il était en train de rougir comme un garçon lors de son premier rendez-vous galant, qui se demandait si sa petite amie allait accepter qu'il la touche. Non pas que Luke ait déjà eu une petite amie, même avant que sa mère tombe malade, mais il avait entendu les autres garçons en parler entre eux ; il avait vu le désir et même la frénésie dans leur regard lorsqu'ils murmuraient que Mary avait accepté de se laisser toucher la poitrine ou que Jennifer avait touché le sexe d'un garçon. Bon sang, il n'avait plus quatorze ans – même si à cet âge, il s'était déjà imaginé en train de caresser les garçons et d'être caressé en retour. Il devait arrêter de se comporter comme un adolescent.

King laissa échapper un hennissement d'achèvement avant de reculer et de tremper le sol d'urine. Luke retroussa le nez face à cette odeur âcre.

— Allez le doucher, lui ordonna M. Hunter comme si ce n'était rien d'inhabituel.

Luke ne put s'empêcher d'imaginer un autre étalon ténébreux – et humain – le monter.

— Oui, monsieur, murmura-t-il en ramenant King dehors.

La jument avait disparu, alors Luke déverrouilla le portail et guida King jusqu'à l'arrière de l'écurie, où se trouvaient les douches pour chevaux. Il l'attacha afin qu'il reste en place et fit couler l'eau, attendant qu'elle se réchauffe avant de mouiller ses sabots arrière.

King remua la tête et s'ébroua, mais il n'esquiva pas le jet d'eau, alors Luke remonta le long de ses jambes, rinçant au mieux la preuve de ses activités sexuelles. Il aurait besoin de shampoing et d'une éponge pour le rendre complètement propre, mais il allait déjà nettoyer le plus gros ; autant en enlever le plus possible dès maintenant. Il aspergea aussi le reste de la robe de King. Il posa le tuyau d'arrosage et remplit un seau avec de l'eau et du shampoing.

— Tu aimes prendre des douches ? demanda-t-il en s'approchant du flanc de l'animal, éponge en main. Je sais que certains chevaux n'aiment pas du tout ça, mais tu es un bon garçon et tu vas rester sagement ici et me laisser te nettoyer, n'est-ce pas ?

L'étalon ne bougea presque pas pendant que Luke le frottait, le laissant même faire couler de l'eau sur son toupet et ses joues. Une fois propre, Luke le rinça à nouveau et trouva quelques chiffons doux pour absorber autant d'eau que possible dans sa robe.

— Voilà. Tu es tout propre. Retournons dans ta stalle et mettons une couverture sur ton dos. Il fait froid ici et tu es tout trempé.

King le suivit sagement jusqu'à sa stalle et resta calmement sur place pendant que Luke drapait la couverture par-dessus son dos et l'attachait. Il vérifia que l'abreuvoir était rempli d'eau et qu'en cas de petite faim, il avait du foin. Luke lui donnerait une autre portion de nourriture avant de rentrer chez lui, mais ce n'était pas encore l'heure. En temps normal, il serait en train de vérifier les stalles pendant que les chevaux étaient en train de se dégourdir une dernière fois les jambes dehors avant la tombée de la nuit, mais ce n'était plus son travail et il ne pouvait pas laisser sortir King alors qu'il était mouillé, même avec sa couverture. Il ferma la porte de la stalle derrière lui et commença à chercher quelque chose à faire lorsqu'il entendit la voix de M. Hunter :

— Luke, venez me voir dans le bureau, s'il vous plaît.

Luke se crispa en entendant cet ordre, mais il se dirigea vers le bureau et en profita pour accrocher la longe au crochet sur lequel elles étaient toutes pendues.

— Oui ? demanda-t-il en entrant dans le bureau.

— Asseyez-vous.

Luke s'installa sur la chaise indiquée et déglutit difficilement.

— Rappelez-moi depuis combien de temps vous travaillez ici ? demanda M. Hunter.

— Six mois, monsieur.

— Si longtemps…, dit-il distraitement. La plupart des employés ne tiennent pas plus d'un ou deux mois lorsqu'ils ne font que nettoyer les stalles.

Il tendit des papiers à Luke.

— C'est votre nouveau contrat en tant que palefrenier de King. Lisez-le et n'hésitez pas à me poser des questions s'il y a des choses qui vous interpellent.

Luke feuilleta le document. Il était presque identique au premier qu'il avait signé, mais il resta figé devant la page où était inscrit le salaire.

— Il doit y avoir une erreur, dit-il en rendant le contrat à M. Hunter. Il est écrit que mon salaire va être augmenté de cinquante pour cent.

— C'est bien ça, affirma son patron. Vous trouverez aussi les informations concernant l'assurance sur la page suivante. Remplissez les papiers et donnez-les à Joe pour que nous puissions vous inscrire sur l'attestation de la ferme. On trouve des garçons d'écurie à la pelle pour nettoyer nos stalles. Il est plus difficile de trouver un palefrenier capable de travailler avec notre atout le plus précieux. Vous vous êtes bien débrouillé, Luke. J'étais impressionné.

— Merci, répondit Luke, étonné.

Il s'alloua un instant pour observer le visage de M. Hunter. Il semblait fatigué, bien plus éreinté que ne devrait l'être un homme de son âge, que ce soit à cause du stress, du deuil ou d'une autre raison inconnue. Luke ressentit un élan de compassion pour lui. Selon les récits de la ferme, M. Hunter avait perdu son meilleur ami, son associé et son amant en un seul et déchirant moment. Certains palefreniers racontaient que M. Hunter s'était encore plus investi dans son travail à Bywater Farm, car c'était la seule manière pour lui de faire vivre la mémoire de son partenaire. En le regardant à cet instant, Luke ne pouvait qu'y croire.

Il chercha quelque chose d'autre à dire, mais il ne connaissait pas assez M. Hunter pour lui exprimer son inquiétude à son égard ou le réconforter. Il finit par signer le contrat et le lui rendit par-dessus le bureau.

— Si ça ne vous dérange pas, je remplirai la page pour l'assurance ce soir. Je dois aller voir si King va bien, le nourrir et ma propriétaire s'inquiète lorsque je ne rentre pas avant la tombée de la nuit.

M. Hunter sembla amusé par ses piètres excuses, mais il n'utilisa pas l'humour pince-sans-rire pour lequel il était à la fois connu et craint.

— Pas de problème. Faites simplement attention à ne pas avoir d'accident de voiture en rentrant.

Luke se mit à rire.

— Ça ne risque pas d'arriver. Je n'ai pas de voiture, seulement un scooter. Ça ira.

Il se dirigea vers la porte, mais il se retourna juste avant d'en franchir le seuil.

— Bonne nuit, M. Hunter.

L'air surpris sur le visage de son patron peina Luke. Il se demanda, à quand remontait la dernière fois que quelqu'un l'avait traité normalement. Qu'avait dit Mme Twitchell ? Que parfois, le plus beau cadeau que l'on pouvait faire à une personne traumatisée était de la traiter comme tout le monde. Luke ne pensait pas pouvoir faire grand-chose pour M. Hunter, mais il pouvait au moins se comporter de manière normale avec lui. Il adressa son plus beau sourire à son patron et partit terminer son travail pour pouvoir rentrer à la maison.

Chapitre cinq

DÈS que Luke ouvrit la porte du garage pour y garer son scooter, Mme Twitchell passa la tête par la porte.

— Du thé, Luke ?

— Pas ce soir, répondit-il en lui attrapant les mains pour la faire tournoyer. Ce soir, je vous invite au restaurant.

— Tu n'as pas à faire cela. Je sais que ton budget est serré, protesta-t-elle.

— Oui, vous avez raison et ce n'est pas près de changer. Par contre, ma promotion est accompagnée d'une augmentation de salaire. Je peux me permettre une petite folie.

— Dans ce cas, ce n'est pas moi que tu devrais inviter à sortir. Un jeune homme aussi beau que toi devrait sortir avec des personnes de son âge, pas avec une femme assez âgée pour être sa mère.

Luke s'imagina soudain installé dans un restaurant illuminé à la bougie, en tête à tête avec M. Hunter, mais cela n'arriverait jamais.

— Je serai l'homme le plus chanceux du restaurant en vous ayant comme partenaire. Je vous en prie, Mme Twitchell, vous avez tellement fait pour moi. Vous êtes celle avec laquelle j'aimerais le plus célébrer cette nouvelle.

— Très bien. Laisse-moi ranger tout ce que j'avais sorti pour préparer le dîner et aller mettre des vêtements plus appropriés.

— Je dois aussi me changer. Je ne peux pas me rendre au Malone dans cette tenue.

Mme Twitchell s'empourpra et se mit à rire comme une collégienne.

— Je n'ai pas été au Malone depuis des années. Tu vas me faire tourner la tête si tu continues à me gâter comme ça.

Luke sourit et se précipita dans son studio pour se préparer. Il n'avait pas réservé de table, mais on était mardi soir, le Kentucky ne jouait pas et aucune course hippique n'était prévue, alors Luke espérait qu'ils n'auraient pas de soucis pour en obtenir une. Si la file d'attente était trop longue, ils pourraient aller manger autre part.

Il se prépara aussi vite que possible et redescendit pour attendre Mme Twitchell. Elle avait échangé le pantalon qu'elle avait porté plus tôt contre une robe. Luke sourit.

— Vous êtes magnifique. Pourrions-nous prendre votre voiture ? J'ai peur que vous salissiez votre robe si nous prenons mon scooter.

— Bien entendu, répondit-elle en lui remettant les clés. Je suis impatiente de dîner. Ça fait longtemps que je n'ai pas mangé de steak.

Bien que ce soit un mardi et qu'il soit encore tôt, il y avait déjà du monde au Malone, mais il n'était pas bondé au point qu'il ne reste plus aucune table. Luke insista afin que Mme Twitchell commande un Brandy Alexander. Quant à lui, il profita du fait de devoir conduire pour ne prendre que du thé glacé.

Leur serveur était jeune, mignon et ouvertement gay. Luke rougissait chaque fois qu'il venait à leur table et flirtait. Mme Twitchell se contentait de sourire et de flirter de manière insouciante.

— Il t'aime bien, dit-elle quand le serveur eut pris leur commande et soit parti afin de les laisser manger tranquillement leur soupe.

— Il ne fait que son travail, répondit Luke. Il obtient un meilleur pourboire s'il réussit à satisfaire les clients.

— C'est une chose très cynique à dire et je ne vais pas te laisser changer de sujet. Tu n'es pas le premier jeune homme gay que je rencontre et j'espère bien que tu ne seras pas le dernier. Tu devrais sortir, rencontrer des personnes de ton âge, peut-être même trouver un petit ami. Ça te ferait du bien.

— Peut-être dans quelques mois. Avec l'augmentation que j'ai obtenue, je vais pouvoir rembourser mes dettes en quatre mois au lieu de six et une fois que ce sera fait, je n'aurais plus qu'à finir de payer les deux cartes de crédit qui appartenaient à ma mère. Ensuite, je pourrais m'acheter autre chose que le strict nécessaire, sans m'inquiéter de ne pas avoir assez d'argent sur mon compte pour payer une facture. Mais pour le moment, je ne peux pas me permettre d'avoir un petit ami, même si je trouve quelqu'un qui m'intéresse. Je n'ai pas assez d'argent pour l'inviter à sortir ou pour lui acheter des cadeaux.

— Tu penses que mon mari et moi avions de l'argent quand nous nous sommes mariés ? demanda Mme Twitchell en secouant la tête. Les vétérans de guerre n'étaient pas considérés comme de bons employés potentiels après la guerre du Vietnam. Mon mari a passé des années à servir de l'essence dans une station parce que personne ne voulait l'embaucher. Nous avons survécu de bulletin de paie en bulletin de paie et je faisais un peu de raccommodage pour que nous puissions mettre du beurre dans nos épinards. Les choses se sont améliorées par la suite, mais ne crois pas une seconde qu'il m'achetait des tonnes de cadeaux. Nos rendez-vous amoureux étaient des pique-niques préparés avec les plats de sa mère et il m'offrait des fleurs sauvages qu'il cueillait le long de la route. Et je l'aimais pour tout cela.

Luke essaya d'imaginer la réaction de M. Hunter face à un pique-nique fait maison et un bouquet de fleurs sauvages abîmées.

— C'est une belle histoire et j'espère qu'une personne m'aimera de la même façon un jour, mais pour l'instant, je n'ai pas de temps pour l'amour.

Mme Twitchell termina sa soupe et éloigna son bol.

— Très bien, alors parle-moi de ton nouveau travail.

Luke raconta tout ce qu'il avait fait pour prendre soin de King, en ne s'attardant pas sur la collecte du sperme et sa réaction face à l'atmosphère dans la salle de saillie. Il valait mieux garder certaines choses pour soi.

— On dirait que tu as passé une agréable journée. M. Hunter est-il aussi beau en réalité qu'il l'est à la télévision ?

Lui qui n'avait pas voulu parler de sa réaction face à son patron…

— Oui, répondit-il simplement, espérant qu'elle n'insisterait pas.

— Ne joue pas à ça avec moi, jeune homme, gronda-t-elle. Je suis vieille, pas morte. Je sais comment ces choses fonctionnent. Il est gay et célibataire, tout comme toi. Je refuse de croire qu'il ne t'intéresse pas.

— C'est mon patron et nous ne jouons pas du tout dans la même catégorie, lui rappela Luke. Je suis peut-être célibataire, mais ça ne suffit pas à me rendre assez intéressant pour un homme comme lui.

— Un homme comme lui ? Esseulé parce qu'il a perdu son partenaire il y a presque deux ans ? Ou bien effrayé à l'idée de faire confiance à quelqu'un parce que tout ce dont les journaux télévisés parlent, c'est de sa fortune ? Oh, ou peut-être banni par la moitié du monde hippique parce qu'il est gay ? Ai-je oublié quelque chose ?

Luke se dandina sur sa chaise, essayant de formuler une réponse. Le serveur amena leurs steaks avant qu'il ne puisse répondre. Luke espéra que cette distraction lui permettrait de changer de sujet, mais Mme Twitchell n'était pas prête à lâcher le morceau.

— Tu ne m'as pas répondu.

— Je pense qu'il se sent seul, répondit Luke. Mais il est habitué à être entouré par des hommes plus cultivés et puissants que moi, qui savent quelle fourchette utiliser et quel vin se marie avec quel plat. Des hommes qui portent un costume différent chaque jour et qui ont une garde-robe complète pour chaque saison. Je regarde aussi les journaux télévisés et je vois comment sont jugées les personnes dans son cercle social. Je ne tiendrai pas dix minutes à son côté. Ils me crucifieraient sur place et en profiteraient pour le faire tomber en même temps.

— Il te suffirait d'un peu de temps pour apprendre tout ce que ces hommes savent et ils ne possèdent rien que tu ne pourrais pas acquérir avec un peu d'argent, dit-elle en le faisant taire d'un mouvement de fourchette. Mais je vais te dire ce que la plupart d'entre eux n'ont pas. Ils n'ont pas ta passion pour les chevaux dont tu t'occupes. Ils n'ont pas la compassion que tu ressens pour les personnes plus malheureuses que toi. Et ils n'ont pas ce cœur qui te pousse à inviter une vieille dame à sortir dîner au lieu de sortir t'amuser en ville, ce que tu as pourtant amplement mérité. Si tu as raison, et je ne dis pas que c'est le cas, mieux vaut ne pas sortir avec un homme comme lui. Mais voilà une autre chose que je sais : si tes collègues avaient dû prendre soin de ce cheval dont tu t'es occupé toute la journée, la plupart d'entre eux auraient considéré cela comme une corvée. On ne peut pas le monter et il est presque inutile en tant qu'étalon. Pourtant, M. Hunter l'a gardé dans son écurie. Cela devrait te donner un aperçu du genre d'homme qu'il est, peu importe l'image qu'il renvoie au reste du monde.

— Il n'y a rien qui cloche chez King. Il suffit d'un peu de patience pour qu'il guérisse de son traumatisme, dit Luke avec un peu plus de véhémence que prévu.

— Je suis tout à fait d'accord avec toi, mais tu es passé complètement à côté de ce que je voulais dire. La plupart des gens ne seraient pas d'accord avec ce que tu viens de dire, mais ton patron – très séduisant et célibataire – partage ton opinion. Cela montre que cet homme est fidèle, loyal et qu'il voit au-delà des apparences. C'est tout ce que j'ai à en dire.

— Vous pensez que je devrais tenter ma chance.

— Pas forcément, non. Fais-lui simplement savoir que tu es… disponible, dit-elle en lui faisant un clin d'œil. Je suis sûre qu'il est très prudent avec ses employés, afin d'éviter toute plainte pour harcèlement sexuel, mais s'il apprend que tu es gay et célibataire, il fera le reste du chemin. Si j'en crois ce que j'ai vu et entendu de lui, c'est un homme qui aime prendre les choses en main.

Luke rougit en pensant à ce que M. Hunter pourrait prendre en main, mais il chassa ces pensées de son esprit. Mme Twitchell était peut-être celle qui avait abordé ce sujet de conversation, mais il était gêné d'avoir des pensées érotiques en étant assis face à une femme un peu plus âgée que l'aurait été sa mère.

— Pour l'instant, je dois m'habituer à ce nouveau travail. Je vais réfléchir à ce dont nous avons parlé, mais je ne peux rien vous promettre.

Chapitre six

LA neige commença à tomber lorsque Luke gara son scooter à l'arrière de l'écurie. Il se précipita à l'intérieur et rangea ses affaires avant de commencer sa routine matinale. Après deux semaines comme palefrenier de King, il n'avait plus à chercher pour trouver sa couverture ou son kit de pansage. Tout était propre et à sa place. King leva la tête lorsqu'il entendit sa voix. Ils avaient récolté trois autres échantillons de sperme sans rencontrer de problèmes, mais aujourd'hui, ils allaient essayer de réaliser une nouvelle fois la saillie en monte naturelle. Luke n'était pas certain que King était prêt, mais M. Hunter pensait qu'il était temps, alors il ferait de son mieux afin que tout se déroule bien.

Lorsqu'il passa devant le bureau, il entendit Joe le saluer :

— Bonjour, Luke.

— Bonjour, Joe.

Joe avait tellement insisté afin que Luke l'appelle par son prénom et le tutoie qu'il avait fini par céder, étant donné qu'ils travaillaient presque tous les jours ensemble depuis qu'il s'occupait de King. Joe n'avait pas tenté de seller l'étalon, mais il avait imposé une nouvelle suite d'exercices à la longe et voulait que Luke les exécute pendant qu'il observait dans un coin du manège.

— Comment ça va, aujourd'hui ? demanda Joe.

— Froidement, répondit Luke. Il neige.

— Nous sommes encore en février et c'est souvent le mois le plus froid de l'année, dit-il en haussant les épaules. Cela ne devrait pas impacter sur le déroulé de cette journée. Va nourrir King et fais-le sortir avant que la neige ne forme un manteau trop épais. S'il ne peut pas rester longtemps dehors, nous lui ferons faire plus d'exercices à la longe.

— À quelle heure arrive le Dr Weaver ?

— Pas avant treize heures. Nous pensons qu'il vaudrait mieux que King passe une journée aussi routinière que possible. Si nous le laissons faire de l'exercice, il pourrait être un peu plus docile dans l'enclos à saillie.

Luke n'était pas sûr que cela aiderait beaucoup, mais il n'était pas le patron. Il allait se ranger à l'avis de Joe sur la question.

— D'accord. Je vais le faire sortir, nettoyer sa stalle et je te rejoins au manège dans environ une heure, si ça te convient.

— Très bien.

Luke alla récupérer la couverture de King et une portion de granulés, puis il alla dire bonjour à son protégé. Comme toujours, l'étalon dévora sa portion matinale de nourriture. Luke ratissa le sol à l'extérieur de sa stalle pour retirer le foin et les autres débris pendant qu'il attendait que King finisse de manger. Lorsqu'il termina, Luke prit quelques minutes pour le panser parce qu'ils trouvaient tous les deux cette routine apaisante. Quand l'étalon fut propre, Luke lui mit sa couverture et l'emmena dehors. Dès que les flocons de neige touchèrent les oreilles de King, il redressa la tête et on aurait dit qu'il dansait au bout de la longe.

— Tu aimes la neige ? J'espère qu'il ne va pas trop y en avoir. J'aimerais pouvoir rentrer à la maison ce soir et tu sais qu'ils ne déneigent jamais les routes par ici. Ils le font peut-être en ville, mais ils ne s'embêtent pas à le faire en campagne.

L'étalon l'ignora et tira plus fort sur la longe. Cela fit rire Luke et il trottina auprès de King jusqu'au portail du paddock. Il libéra l'étalon et s'appuya contre la clôture pour le regarder piaffer sur la neige. Il n'y avait pas encore beaucoup de neige, même pas assez pour dissimuler le haut de l'herbe, mais King ne semblait pas s'en soucier.

— Il a toujours adoré la neige.

Luke se retourna en entendant la voix de M. Hunter. La plupart du temps, son patron le rendait encore nerveux, mais Luke avait appris à ignorer ce sentiment et à se comporter aussi normalement que possible lorsqu'ils discutaient.

— En effet, il semble beaucoup s'amuser.

— Par contre, vous allez devoir laver sa couverture parce qu'il va se rouler par terre jusqu'à ce qu'il réussisse à s'en libérer.

Comme si King l'avait entendu, il se laissa tomber sur le côté et roula.

— Il est en train de dessiner un ange dans la neige, dit Luke avec un rire sincère.

M. Hunter se mit aussi à rire ; c'était un son court et rauque que Luke savoura. Il avait déjà pour mission de le faire sourire plus souvent, mais il ajouta à cela la mission de le faire rire plus souvent parce qu'il voulait entendre à nouveau ce son.

— Je devrais peut-être lui retirer sa couverture. Je lui ferai un massage pour le réchauffer quand je le ramènerai à l'intérieur, mais il est évident qu'il essaye de l'enlever. Je ne veux pas qu'il se blesse.

— À vous de voir, répondit M. Hunter avec un haussement d'épaules. C'est vous qui allez devoir le nettoyer.

Ce n'était pas une approbation claire, mais il n'avait pas non plus dit non, alors Luke passa par-dessus la clôture et siffla pour appeler King. Il lut immédiatement le sentiment de trahison dans le regard de l'étalon, si bien qu'il faillit faire demi-tour.

— Je veux juste retirer ta couverture. Regarde, je n'ai pas de longe.

King secoua la tête et recula.

— King, tu me fais passer pour un imbécile devant le patron, siffla-t-il entre ses dents, espérant que M. Hunter ne l'entendrait pas.

Pourtant, le rire bref qu'il entendit derrière lui valait bien la peine de se rendre ridicule. Il regarda par-dessus son épaule.

— Vous pourriez m'aider.

M. Hunter fit non de la tête.

— Je préfère vous laisser faire. J'ai appris depuis longtemps à ne pas m'immiscer entre ce cheval et un terrain plein de neige.

Luke secoua la tête de manière lasse en regardant, M. Hunter, puis il se tourna vers King. Il pouvait lui laisser sa couverture. Cela ne représentait aucun danger pour l'étalon et elle était déjà pleine de neige, alors il allait devoir la laver même s'il arrivait à la lui retirer. Sauf que cette mission était devenue personnelle, surtout parce que M. Hunter le regardait.

Il plaça sa main derrière son dos comme s'il allait prendre une carotte. Aujourd'hui, il n'en avait pas une dans sa poche arrière, mais King savait ce que signifiait ce geste. Il avança d'un pas hésitant vers Luke, tout en reniflant l'air.

— Très bien, King. Viens me voir. Je ne vais pas te forcer à rentrer à l'intérieur. Je veux simplement prendre ta couverture afin que tu ne l'abîmes pas.

— Vous pensez vraiment qu'il va se laisser avoir ? lança M. Hunter depuis la clôture.

— Oui, si vous ne l'effrayez pas en parlant si fort, répliqua-t-il sans réfléchir alors que King arrivait à portée de main.

Dès que les mots sortirent de sa bouche, il les regretta. Il était moins nerveux en présence de M. Hunter, mais cela ne voulait pas dire qu'il pouvait se montrer impoli envers lui. Il attrapa le licol de King et l'empêcha de bouger le temps de déclipser la couverture. Elle tomba au sol lorsque King s'éloigna de lui. Luke le laissa partir et récupéra la couverture mouillée et sale sur le sol.

— Amuse-toi bien dans la neige, dit-il avant d'aller poser la couverture sur la clôture. Je suis désolé, M. Hunter. Je n'aurais pas dû vous parler comme ça. C'était impoli.

— Ne faites pas marche arrière maintenant. J'aime votre façon d'être. Et ne pensez-vous pas qu'il serait temps que vous m'appeliez Clay et que nous commencions à nous tutoyer ? Je passe plus de temps avec vous qu'avec n'importe quelle autre personne sur cette exploitation, si ce n'est Joe.

— Je ne peux pas faire ça. Vous êtes mon patron.

— C'est moi qui te le demande, lui rappela Clay. Tu tutoies Joe et tu l'appelles par son prénom alors qu'il est plus âgé que moi. Tu peux m'appeler Clay.

— D'accord, répondit timidement Luke. J'essaierai de le faire… Clay.

— Tu n'es pas habillé pour être dehors par ce temps glacial. Rapporte la couverture à l'intérieur. King peut très bien passer quelques minutes seul dans cet enclos.

Luke sentit le rouge lui monter aux joues en entendant l'inquiétude dans la voix de Clay. Cela ne signifiait rien du tout. Clay voulait simplement éviter qu'il tombe malade parce que si c'était le cas, quelqu'un d'autre devrait prendre soin de King. Mais peu importe la raison, Clay l'avait remarqué et cela lui fit légèrement tourner la tête.

— Je viendrai le récupérer avant qu'il puisse attraper froid, dit Luke avant de se diriger vers l'écurie.

Clay lui fit signe d'entrer avant de se retourner pour observer King.

Luke s'arrêta au niveau de l'entrée, captivé par le tableau qui se dessinait devant lui. Clay se tenait dos à lui, debout devant le ciel gris, son manteau noir le couvrant des épaules jusqu'aux genoux. Il ne portait pas de chapeau et les flocons de neige s'accrochaient à ses cheveux. Alors que Luke l'admirait, Clay leva une main et secoua ses cheveux pour les débarrasser des flocons, ce qui fit partir ses cheveux toujours très bien coiffés dans tous les sens. Plus loin, King se roula une nouvelle fois dans la neige, puis il trotta jusqu'à la clôture pour rejoindre son propriétaire et frotter son nez contre son épaule.

Clay leva une main pour caresser son toupet. King baissa la tête plus bas et Clay se pencha en avant pour poser son front contre celui de l'étalon. Luke se retourna, se sentant tel un intrus assistant à un moment intime.

Peu importe ce que l'on pouvait dire de Clay, il aimait King encore plus que Luke ne l'aimait et semblait enfin se rappeler comment le montrer.

Chapitre sept

DEUX heures plus tard, Luke emmena un King
fraîchement douché dans le manège. Cette fois-ci, il
avait fallu une vraie carotte pour convaincre l'étalon
de s'approcher assez pour qu'il attrape son licol et
le ramène à l'intérieur, mais une fois que ses sabots
n'avaient plus touché la neige, il était redevenu aussi
coopératif que d'habitude.

— Mets-lui sa bride, dit Joe lorsque Luke accrocha
King au mur du manège pour aller chercher la longe. Je
veux voir quelle va être sa réaction.

Le ton de voix de Joe éveilla une tension en Luke.

— À quand remonte la dernière fois où il a porté
une bride ?

— À la dernière fois où il a été monté, répondit
Joe. Sa bride est à côté de sa longe.

Luke partit récupérer la longe, le caveçon – le bridon sans mors utilisé pour longer – et la bride de King. L'étalon resta calmement sur place lorsque Luke attacha le caveçon sur sa tête, mais quand il souleva le mors vers ses dents, King s'écarta.

— Tout doux, mon grand, dit Luke en caressant son encolure.

L'étalon se détendit sous son toucher, mais lorsque Luke essaya à nouveau de lui mettre le mors, King se cabra aussi haut qu'il le put, la longe le retenant sur place.

Luke jeta la bride de l'autre côté de la clôture.

— Tout va bien. Regarde, je n'ai plus rien dans les mains.

Il tapota l'encolure du cheval jusqu'à ce qu'il ne voie plus le blanc de ses yeux. Même alors, il pouvait encore sentir la tension dans le corps de King.

— Je ne pense pas qu'il soit prêt, dit Luke à Joe.

— Non, en effet. Mais nous devons continuer à essayer. Il faut qu'il se réhabitue à en porter un. Je vais essayer de lui trouver un *hackamore*. Le caveçon suffit pour le longer, mais il ne peut pas être monté avec ce type de bride. Nous pouvons l'habituer à un type de bride sans mors pour le moment.

— Alors je commence notre échauffement habituel ? demanda Luke.

— Oui. Il a fait de grands progrès depuis que tu as commencé à travailler avec lui, mais ce n'est pas une raison pour que je le brusque. Calme-le et échauffe ses muscles. Il faut que je trouve autre chose à faire, étant donné que je voulais qu'il se familiarise avec la bride durant cette séance.

Luke accrocha la longe au caveçon et mena King jusqu'au centre du manège. L'étalon se calma immédiatement en faisant son échauffement habituel, effectuant de grands cercles autour de Luke au trot. Le jeune homme se rendit compte trop tard qu'il avait oublié la chambrière contre la clôture, mais il n'en aurait pas besoin pour l'échauffement. Il pouvait utiliser le bout de la longe pour le moment.

Après avoir fait trotter King et l'avoir fait aller au petit galop dans les deux directions, il le ramena au pas et tourna les yeux vers Joe. Il fut surpris de voir que Clay se tenait auprès de l'entraîneur. Clay n'avait plus assisté à une séance d'échauffement depuis le premier jour où Luke en avait réalisé une.

— Bonjour, M… Clay, le salua Luke lorsque celui-ci entra dans le manège pour le rejoindre. Je ne savais pas que tu étais là.

— Joe m'a dit qu'il allait essayer de mettre une bride à King.

— Oui, ça n'a pas fonctionné. King a pris peur, alors nous avons utilisé le caveçon. Nous pourrons réessayer plus tard.

— Où est sa bride ?

— Là-bas, de l'autre côté du mur, répondit Luke en désignant l'endroit où il l'avait posée un peu plus tôt. J'ai pensé qu'il valait mieux la sortir de son champ de vision.

Clay hocha la tête.

— Joe, tu as essayé de la lui mettre ?

— Non, répondit-il. S'il n'a pas laissé Luke la lui mettre, il ne m'aurait certainement pas laissé le faire. Il aime plus ce jeune homme qu'il ne m'a jamais aimé.

Clay réfléchit un moment.

— Continue à faire ce que tu as prévu pour aujourd'hui, dit-il à Joe. Je vais vous observer un moment.

Luke resta perplexe devant cet échange, mais il se tourna vers Joe pour que, celui-ci lui dise ce qu'il devait faire.

— Si tu prévois de rester, autant nous donner un coup de main, dit Joe. Attrape l'autre bout de ces barres et aide-moi à les disposer au sol.

— Ce sont des barres pour apprendre aux chevaux à trotter, expliqua Clay à Luke. Elles forcent King à soulever les sabots et réguler son rythme lorsqu'il passe par-dessus. C'est une astuce que nous utilisons pour apprendre aux jeunes chevaux à sauter. Je ne sais pas ce que Joe à l'intention de faire en les utilisant aujourd'hui. King n'a jamais eu besoin d'aide pour sauter.

— Je veux simplement observer sa réaction, dit Joe. Il se débrouille tellement bien avec tout le reste… Je pense que sauter à la longe, avec des obstacles bas, va lui faire du bien. Il adorait sauter. Je m'en voudrais de le laisser perdre ses instincts.

Clay semblait sceptique et Luke ne pouvait pas le blâmer. King avait peut-être aimé sauter par le passé, mais cela avait coûté la vie à son cavalier. Il avait peut-être accepté Luke comme son nouveau palefrenier, mais cela ne voulait pas dire qu'il s'était remis de son traumatisme. Cependant, ce n'était pas à Luke de protester. Mais si Clay était contre, Luke le soutiendrait.

Clay se contenta de regarder Luke.

— S'il réagit mal, laisse-le partir, dit-il. N'essaye pas de le forcer à sauter et ne te blesse pas. L'exercice de Joe n'en vaut pas la peine.

— Tout va bien se passer, lui promit Luke.

Il se souvenait de plusieurs situations durant lesquelles il s'était mis en danger pour venir en aide à King, mais celle-ci n'en faisait pas partie.

— Guide-le vers la première barre, ordonna Joe. Montre-lui où elle se trouve pour qu'il sache ce qui l'attend.

Luke fit ce qu'on lui demanda et guida King jusqu'à la première barre. L'étalon la renifla, puis il essaya de la faire rouler à l'aide de son nez, mais elle était trop lourde pour qu'il y arrive. Il finit par se lasser et regarda Luke. Tout en espérant faire la bonne chose, Luke continua d'avancer, ce qui obligea King à marcher par-dessus cette barre et les trois suivantes. La distance qui séparait les barres n'était pas adaptée au rythme du cheval et ses sabots claquèrent contre elles ; King secoua la tête et jeta un coup d'œil en arrière pour regarder les obstacles qui gênaient son passage.

— Recommence, mais au trot cette fois-ci. Les barres sont placées pour une plus grande foulée, alors il devrait rencontrer moins de problèmes.

Luke lâcha du lest et fit passer King au trot avant de le guider vers les barres. King trotta par-dessus comme si elles étaient inexistantes.

— Magnifique, dit Joe. Continue à cette allure et fais lui passer trois fois les barres dans cette direction.

Luke fit claquer la chambrière au niveau des sabots de King pour qu'il ne ralentisse pas, s'assurant de ne pas le toucher, puis il regarda King amplifier sa foulée.

— Change de direction et essaye encore, dit Joe.

Luke obéit, bien conscient que Clay se tenait toujours dans un coin du manège et l'observait. King se débrouilla tout aussi bien dans l'autre sens.

— Attendez, dit Clay lorsque Luke fit ralentir l'étalon pour demander à Joe ce qu'il devait faire ensuite.

Il entra dans le manège, portant distraitement la bride de King le long de son corps.

— Laisse-nous une minute.

Luke tendit la longe à Clay et recula de deux pas malgré son désir accablant de protéger King en s'interposant entre eux. Clay n'allait pas blesser King. Il venait juste de lui dire de ne pas obliger l'étalon à sauter par-dessus les barres si celui-ci n'en avait pas envie.

Clay laissa tomber la longe et se tint devant King, caressant doucement son chanfrein et fredonnant sans un mot. King baissa la tête et l'appuya contre son torse. Clay lui gratta les oreilles, descendit vers ses joues et les coins de sa bouche, puis remonta. King resta immobile. Après un moment, Clay le caressa de l'autre main pour faire en sorte de toucher King avec celle qui tenait la bride. L'étalon secoua la tête, mais il ne s'éloigna pas de Clay et ne montra aucun signe de nervosité. Clay répéta sa caresse, descendant le long de la joue de King jusqu'à sa bouche, puis remontant jusqu'à son oreille.

Lorsqu'il descendit sa main pour la troisième fois, il fit passer la bride autour du nez de l'étalon et la glissa le long de son visage tout en continuant à le caresser jusqu'aux oreilles. Luke retint son souffle lorsque le mors entra en contact avec les lèvres de King, mais celui-ci ouvrit simplement la bouche et l'accepta. Clay fit passer la bride derrière les oreilles de King et resserra la sous-gorge.

— Retire-lui sa muserolle, dit Joe. Avec le caveçon, ça pourrait frotter et finir par le blesser.

Clay déboucla et retira la muserolle, puis il tapota une dernière fois l'encolure de King avant de tendre la longe à Luke.

— Si tu accroches la longe à la bride au lieu de l'accrocher au caveçon, soit doux avec lui. Il n'a pas porté de mors depuis dix-huit mois. Sa bouche est sensible.

— Je ferai attention, promit Luke.

Sa voix se brisa légèrement en prononçant ces mots, mais Clay ne sembla pas le remarquer. Il se contenta de tapoter son épaule et sortit du manège. Luke s'attendait à ce qu'il reste jusqu'à la fin de la séance, mais son patron continua de marcher, laissant King et Luke seuls avec Joe.

— Il a toujours eu de la magie dans les mains, dit Joe. S'il avait continué à monter King, les choses auraient pu se passer différemment pour l'écurie, mais aucun d'eux n'était prêt. Je crois qu'ils commencent enfin à apercevoir le bout du tunnel.

— Il n'a même pas eu besoin de la longe, dit Luke en secouant la tête. Je n'ai jamais vu une chose pareille.

— Et tu ne le verras nulle part ailleurs. Nick et Clay étaient présents lors de la naissance de King. Le vétérinaire – pas le Dr Weaver, un autre vétérinaire qui a pris sa retraite – n'a pas pu sauver la mère, alors Clay et Nick l'ont élevé eux-mêmes. Toutes les deux ou trois heures, ils se levaient pour lui donner un biberon ; ils faisaient tout leur possible pour lui. Et lorsqu'est arrivé le moment de le dresser, ils s'en sont occupés seuls. King ne leur a jamais tenu tête parce qu'ils ont toujours représenté la sécurité suprême pour lui. C'était tellement facile pour les commentateurs de parler de ce que représentait le décès de Nick pour King, mais aucun d'eux ne comprenait vraiment. Le seul qui pouvait comprendre cet étalon était Clay et il souffrait trop pour lui donner le réconfort dont il avait besoin.

— J'aurais aimé le connaître. D'après ce que tout le monde dit, c'était un homme unique et bon.

— C'est vrai. Il était le cœur de Bywater Farm. Il disait toujours que Clay était le cerveau de l'exploitation et que lui était la force physique, mais c'était plus compliqué que ça. Peu de personnes le savent, mais Clay avait décidé de ne pas garder la ferme après la mort de ses parents. La situation était… tendue entre eux et Clay ne voulait pas que cette ferme le lui rappelle tous les jours. Nick l'a convaincu de ne pas la vendre. Après son décès, j'ai eu peur que Clay ne soit pas capable de vivre avec les souvenirs que contient cette ferme et décide de la vendre, mais c'était tout ce qui lui restait de Nick. La vendre aurait été la plus grande des trahisons.

— Je n'arrive pas à imaginer Clay autre part que dans un élevage de chevaux.

— Oh, je suis sûr qu'il aurait investi dans une autre exploitation équine. Seulement, il ne serait pas resté dans celle-ci remplie de souvenirs difficiles. Bien, nous avons encore du travail et il ne reste plus beaucoup de temps avant l'arrivée du Dr Weaver. Continuons à faire avancer King à différentes allures en le longeant. N'accroche pas la longe à la bride. Il faut y aller petit à petit.

Comprenant que leur conversation était arrivée à son terme, Luke se replaça au centre du manège, laissa la longe se dérouler sur toute sa longueur et encouragea King à travers la suite des exercices que Joe lui avait préparée.

Chapitre huit

— **LUKE,** le dresseur de Calumet vient d'appeler. Leur jument est en chaleur. Ils ne vont plus tarder à arriver. J'ai contacté le Dr Weaver. Nous serons prêts à accueillir King dans environ une heure.

Luke fit signe à Joe pour lui montrer qu'il l'avait entendu et partit récupérer King au paddock. La neige qui était tombée deux jours plus tôt avait fondu lorsque le temps s'était réchauffé, au plus grand soulagement de Luke. Il détestait conduire son scooter dans la neige. Cependant, ces derniers jours, le froid était devenu glacial ; Luke était impatient que le printemps arrive.

— Allez, King. Il est temps de rentrer.

L'étalon le suivit à l'intérieur et laissa Luke lui retirer sa couverture. Il but un peu d'eau pendant que son palefrenier rangeait ses affaires. Ce dernier lui offrit une pomme avant d'aller retrouver Joe.

— Explique-moi une nouvelle fois comment ça va se passer, s'il te plaît.

— Ce n'est pas très différent de l'insémination artificielle que nous avons réalisée. La seule différence est que lorsque tu amèneras King dans l'enclos à saillie, il y aura une vraie jument à la place du mannequin. Ce qui se passera ensuite dépendra surtout de la réaction de la jument face à King. Si elle coopère et se laisse monter, alors il suffira de laisser faire la nature. Si elle décide d'être farouche ou de ne pas se laisser monter, nous devrons trouver une solution, afin que la saillie se fasse. Ton rôle est de t'assurer qu'il ne lui donne pas de coups de sabot et de l'éloigner si elle commence à vouloir le mordre ou lui donner des coups.

— D'accord. Allons-nous utiliser une jument en chaleur pour l'exciter ou l'emmener directement dans la salle de saillie ?

— Nous allons utiliser une jument. Il est habitué à ce procédé. D'abord, on l'excite dehors, puis on le fait entrer dans la salle pour monter la jument. Je pense qu'il vaut mieux pour tout le monde que nous ne changions pas cette routine. J'ai demandé à Michael de faire sortir une jument.

— Je vais aller vérifier que King est prêt.

Pourquoi cela devait-il être Dougherty ? Parmi tous les palefreniers de la ferme, Joe aurait certainement pu choisir quelqu'un d'autre. Bien entendu, Dougherty ne disait jamais rien d'insultant en présence de Joe et Luke se taisait parce qu'il ne voulait pas être considéré comme un fauteur de troubles. Pourtant, cette situation le crispait.

— Salut, jolie fleur, lança Dougherty de manière obscène lorsque Luke sortit du bureau. Tu es tout en beauté aujourd'hui.

Luke passa une main sur ses cheveux courts, mal à l'aise. Dougherty avait décidé qu'il n'était qu'un joli minet et ne méritait aucun respect.

— Dougherty, répondit-il avec un signe de tête. Je vois que tu es encore chargé de promener des juments en chaleur. Peut-être qu'un de ces jours, tu auras ton propre étalon.

— Je n'ai pas besoin d'un étalon. J'en suis un.

Luke s'esclaffa.

— Oui, évidemment. Si tu sors une telle phrase dans un bar, tout le monde se moquera de toi, que ce soit un bar gay ou hétéro. Maintenant, laisse-moi passer. J'ai du travail.

— J'ai entendu, quel genre de travail tu faisais, répliqua Dougherty avec mépris en lui bloquant le chemin. Tu n'attraperas jamais le patron en remuant tes fesses devant lui. Il est trop malin pour tomber dans tes filets.

— Va au diable, lança Luke en poussant Dougherty hors de son chemin pour aller rejoindre King.

— Luke ? Est-ce que tout va bien ?

Luke jura entre ses dents. Il avait fallu que Clay choisisse cet instant précis pour faire son apparition.

— Tout va très bien, M. Hunter. Je vais juste aller m'assurer que King est prêt pour l'arrivée de la jument et du vétérinaire. Je serai dans sa stalle si besoin est.

Il lut la confusion sur le visage de Clay lorsqu'il l'appela par son nom de famille. Cela ne faisait que deux jours que Clay lui avait demandé de l'appeler par son prénom, mais depuis, Luke l'avait utilisé autant que possible. Cependant, il ne le ferait pas devant Dougherty, pas après ce dont celui-ci venait de l'accuser. Il attrapa le kit de pansage et se glissa à l'intérieur de la stalle de King. C'était une manière sûre de faire passer le temps jusqu'à ce qu'ils aient besoin de l'étalon. Il venait de sortir l'étrille pour le brosser lorsqu'il entendit la porte de la stalle s'ouvrir.

Il se retourna et vit Clay qui se tenait dans l'ouverture.

— C'était quoi ça ?

— De quoi est-ce que tu parles ? demanda Luke, espérant repousser l'inévitable assez longtemps pour qu'on finisse par leur demander de sortir King.

— Tu viens juste de m'appeler M. Hunter.

Luke haussa les épaules.

— Je n'étais pas certain que tu veuilles que je te parle d'une manière familière devant quelqu'un d'autre. Aucun autre palefrenier ne t'appelle par ton prénom.

— Parce que je ne leur ai pas demandé de le faire. Cela ne veut pas dire que tu dois m'appeler par mon nom devant eux.

— C'est juste…

C'était idiot. Clay se moquerait de connaître les absurdités que Dougherty avait sorties à son égard et même s'il ne s'en fichait pas, Luke n'était pas un cafteur qui allait se plaindre au patron dès la première difficulté.

— Oui ? insista Clay lorsque Luke ne termina pas sa phrase.

— Rien. Je peux régler ça moi-même.

— Si c'est une chose que tu dois « régler », ce n'est pas rien. Dougherty te donne du fil à retordre ?

— Je te dis que ce n'est rien. C'est un abruti arrogant qui n'a rien de mieux à faire que de lancer des insinuations salaces, mais ce ne sont que des mots. Il ne sait rien de moi, ni de toi, ni de la manière dont j'ai obtenu ce travail. Si je continue à l'ignorer, il finira par se lasser et me laissera tranquille.

Lui qui n'avait rien voulu dire à Clay.

— Je vais le faire transférer dans une autre écurie, déclara Clay. Et avant que tu me dises de ne pas le faire, dis-toi qu'en faisant ce genre de commentaires, il crée une atmosphère tendue dans cette écurie. Et la tension n'est pas recommandée chez les étalons. Nous avons assez de problèmes alors, nous n'avons pas besoin qu'il en apporte d'autres. Il peut faire son travail autre part et je ferai transférer un nouvel employé pour le remplacer. Je ne vais pas le renvoyer ou le rétrograder, je ne fais que le placer autre part.

— Tu n'es vraiment pas obligé de faire ça. Je passe tout mon temps avec King. Le seul moment où je le vois, c'est durant les jours de saillie, quand il fait sortir la jument.

— Tu as raison, je ne suis pas obligé de le faire, mais j'en ai envie.

Il avança d'un pas dans la stalle, effaçant la distance entre Luke et lui.

— Est-ce si difficile de croire que je veuille faire quelque chose pour…

— Luke, nous serons bientôt prêts ! lança Joe en arrivant devant le stalle. Oh ! Bonjour, Clay. Ça tombe bien, je te cherchais aussi. Le Dr Weaver est arrivé et le van de Calumet vient juste de se garer. Nous allons bientôt commencer.

— J'arrive dans une minute, dit Clay.

Joe le regarda d'un air perplexe, mais il s'en alla, laissant Luke et Clay seuls.

— Luke…

— Tu devrais y aller. Ils t'attendent.

— Bien. Je vais aller faire mon travail, mais cette conversation n'est pas terminée. Je veux te parler ce soir, avant que tu rentres chez toi.

Luke déglutit difficilement et hocha la tête. Il n'avait aucune idée de ce dont Clay voulait discuter, mais qu'importe ce dont il s'agissait, cela le ferait stresser jusqu'au soir.

Luke attacha la longe sur King et le guida vers l'enclos à saillie, s'encourageant lui-même sur le chemin. Dougherty ne dirait rien devant Clay et Joe. C'était un persécuteur lâche qui ne s'en prenait qu'aux personnes qu'il jugeait plus faibles que lui. Il fut surpris de voir Clay arriver au coin de l'enclos à saillie avec l'une des juments. Son patron lui adressa un regard qui le mettait au défi de demander une explication, mais Luke n'avait pas l'intention d'ouvrir cette boîte de Pandore. Il se contenta de guider King vers la clôture et de laisser la jument en chaleur faire son travail.

King dut sentir une différence parce que tout en suivant la jument le long de la clôture, il ne cessa de regarder par-dessus son épaule pour observer la salle de saillie.

— Il sent la présence de l'autre jument, dit Clay. Il est assez malin pour comprendre qu'il a une chance avec celle qui se trouve dans la salle, alors qu'il n'en a aucune avec celle-ci, sauf s'il se libère de ton emprise et saute par-dessus la clôture.

— Devrais-je l'emmener à l'intérieur ?

— Pas avant que Joe et Steve soient prêts à l'accueillir. Il est nécessaire que la jument soit en place afin que le procédé se passe aussi machinalement que d'habitude. King ne s'en est pas bien sorti la dernière fois que nous avons tenté une saillie en monte naturelle et je pense que notre impatience est l'une des raisons pour lesquelles ça n'a pas fonctionné.

Clay fit une nouvelle fois longer la clôture à la jument. King la suivit et Luke marcha près de lui. Son regard s'attarda plus sur Clay que sur l'étalon ou la jument, mais cela ne regardait que lui. Clay ne sembla pas s'en rendre compte.

Luke sentit la tension monter chez King au fur et à mesure qu'il le gardait dehors, séparé par une clôture de la jument qui l'excitait et sans possibilité de se soulager avec le mannequin qui se trouvait généralement à l'intérieur. S'ils ne l'autorisaient pas rapidement à entrer, cela se terminerait aussi mal que la dernière fois. Luke pouvait calmer King dans de nombreuses situations, mais il n'était pas sûr que ce soit l'une d'entre elles.

— Faites entrer King, appela Joe depuis la porte.

Luke laissa échapper un soupir de soulagement, raffermit sa prise sur la longe et mena King jusque dans la salle de saillie.

Dès qu'ils passèrent la porte, King se cabra, affichant sa domination face à la jument et à ceux qui chercheraient à se mettre sur son chemin. Luke n'essaya pas de le guider, espérant que l'instinct de l'étalon prendrait le relais. La jument essaya de se libérer des sangles qui la tenaient en place. Ses dresseurs la calmèrent du mieux qu'ils purent, mais elle était plus focalisée sur King que sur eux.

— Sois délicat avec elle, le réprimanda Luke. Elle ne sait pas quoi penser de toi en te voyant faire ton intéressant.

La petite porte s'ouvrit et Clay se glissa dans la salle. Luke le regarda furtivement et s'efforça de rester focalisé sur King. Il ne pouvait pas se permettre d'être distrait par son séduisant patron. Collecter du sperme était devenu un procédé presque routinier, mais cette fois, c'était totalement différent.

— Comment ça se passe ? demanda Clay.

— Jusqu'ici, plutôt bien, répondit Joe. Elle ne sait pas quoi penser de King. Luke, laisse-le approcher d'elle, mais tiens-toi prêt à l'éloigner si elle donne des coups de sabot.

Luke avança d'un pas et relâcha légèrement sa prise sur la longe. King trotta en avant, se cabra et essaya de monter la jument. Pendant un instant, il crut que cela allait fonctionner, mais elle sautilla sur le côté et donna un coup de sabot timide à King. Luke tira l'étalon vers lui, son cœur battant la chamade pendant qu'il attendait de voir comment allaient réagir les deux chevaux.

En général, King était plutôt docile, mais cette situation était loin d'être normale. Les dresseurs de la jument s'empressèrent de l'apaiser pendant que Luke faisait faire un cercle à King pour lui donner une chance de se calmer. Lorsqu'il revint vers la jument, il remarqua que Clay s'était déplacé pour se tenir près de l'endroit où Luke devait se placer. Il lutta pour rester concentré sur King au lieu de se laisser hypnotiser par le magnétisme animal de Clay. Il y avait déjà assez de tension sexuelle dans cette pièce. La dernière chose dont Luke avait besoin était d'en rajouter. Cependant, l'attention de son patron semblait focalisée sur King. Luke laissa échapper un petit soupir de soulagement.

— Essaye encore, dit Clay une fois que les dresseurs réussirent à calmer leur jument.

Luke se mit en place pour laisser King monter la jument. Cette fois, elle semblait plus réceptive ou bien moins surprise lorsque King la monta. Luke resta vigilant jusqu'à ce que l'étalon la pénètre. Il entendit un mouvement près de lui et jeta un œil vers Clay, qui était fasciné par cette image de King et sa jument. Luke rougit en imaginant Clay excité et dans le feu de l'action, mais ces pensées n'avaient pas leur place dans l'écurie des étalons. Clay était son patron et Luke était chargé de la protection de King. Rien ne devait le distraire.

Il se tourna vers son protégé, mais ce qui se passait devant ses yeux était trop chargé en énergie sexuelle suite aux pensées vagabondes qu'il avait eues. Il ne pouvait pas le regarder, et pourtant il ne pouvait pas en décrocher son regard au cas où la jument décidait de ne pas se laisser faire. King se pencha en avant, ayant clairement l'intention de mordre la jument. Luke prit une vive inspiration en tirant sur la longe, espérant éviter un désastre. L'odeur de sexe embauma l'air, accompagnée par les hennissements perçants des chevaux. King la pénétra avec force et énergie, faisant couiner la jument à chaque pénétration.

Luke gigota, mal à l'aise, souhaitant se trouver à n'importe quel autre endroit que dans un enclos à saillie, entouré par tant de monde. Il se sentait à l'étroit et avait du mal à respirer. Il sentait la chaleur émaner du corps de Clay dans la salle froide – ou peut-être qu'il prenait simplement ses désirs pour des réalités. Clay ne pouvait pas être brûlant à ce point.

Il prit une profonde inspiration pour se ressaisir et sentit une odeur de parfum par-dessus celles des chevaux et du sexe. Il se mordit l'intérieur de la lèvre pour retenir un gémissement alors que King laissait échapper un dernier hennissement, avant de s'éloigner de la jument. *Au moins, il ne l'a pas recouverte d'urine*, se dit Luke en guidant King vers la sortie, tremblant.

Les autres pouvaient s'occuper de la jument. Il devait sortir d'ici.

Luke fit traverser l'enclos à saillie à King pour l'emmener dans son paddock, détacha la longe de son licol et essaya d'arrêter de trembler en regardant King cavaler sur le terrain.

— Ne remue pas le couteau dans la plaie, grommela Luke. Nous n'allons pas tous avoir ce que nous désirons aujourd'hui.

King hennit joyeusement et galopa dans le périmètre de l'enclos, ruant de temps à autre. Après avoir fait deux tours de terrain, il vint se placer devant Luke.

— Tu es prêt à retourner à l'intérieur ? Tu n'as pas vraiment besoin d'une douche, mais ça nous donnera quelque chose à faire le temps qu'ils fassent sortir la jument de l'enclos à saillie. Viens, allons te nettoyer.

King le suivit docilement jusque dans l'écurie. Il ne regarda même pas la petite porte qui menait à la salle de saillie. Luke lui enviait son indifférence. Il était entré dans la salle, avait monté la jument et s'était terminé. Si seulement c'était si simple pour Luke, mais non, il avait fallu qu'il tombe amoureux de son patron, la seule personne avec laquelle il n'avait aucune chance parce que Clay n'était pas disponible.

Luke ne pensait pas un seul instant que Clay avait fait le deuil de son partenaire et, peu importe comme il désirait son patron, rien ne changerait cela.

Il doucha rapidement King et l'installa dans sa stalle pour la nuit. Clay avait dit qu'il voulait lui parler avant qu'il rentre chez lui, mais la nuit commençait à tomber et il n'était toujours pas revenu. Luke pouvait encore attendre un peu, mais il ne se sentait pas très bien et un long trajet l'attendait. Il caressa une dernière fois King, lui donna une pomme, puis il prit le chemin de la maison. Il lui suffirait d'expliquer à son patron pourquoi il était parti sans lui parler le lendemain matin.

Chapitre neuf

LUKE gara son scooter dans le garage et resta assis là quelques minutes. Il se sentait à l'étroit, comme s'il était en train de brûler de l'intérieur malgré l'air froid du trajet. Il était tellement fatigué. Il voulait s'emmitoufler dans les couvertures de son lit et ne plus en sortir pendant un mois. Cependant, il ne pouvait pas faire cela. Il était parti sans parler à son patron, ce qui voulait dire qu'il allait devoir se rendre au travail pour discuter avec lui.

— Le thé est prêt, Luke.

La voix de Mme Twitchell transperça le brouillard qui avait envahi son esprit. Il réussit à lui sourire et la rejoignit dans la cuisine, laissant ses bottes et son manteau dans la buanderie, comme d'habitude.

Il s'installa à la table de la cuisine et prit sa tasse de thé. Il inspira la fumée, qui apaisa légèrement la douleur qu'il ressentait dans son nez. Il prit une gorgée de la boisson chaude et adressa un autre sourire reconnaissant à Mme Twitchell.

— Tu n'as pas l'air en forme, dit-elle en fronçant les sourcils. Tout va bien ?

Luke haussa les épaules.

— C'était une journée difficile. Je suis juste fatigué.

Elle ne sembla pas convaincue. Elle lui tapota la main et se leva pour s'activer dans la cuisine. Luke ferma les yeux et laissa le son de son activité le calmer. Il aurait dû lui proposer son aide, mais il n'en avait pas l'énergie. Après un moment, elle lui toucha l'épaule.

— Tiens, bois. Ça guérira n'importe quelle maladie dont tu souffres.

Luke attrapa la tasse qu'elle lui tendait, retroussant le nez lorsqu'il sentit une forte odeur d'alcool.

— C'est quoi ?

— La recette secrète de ma grand-mère. Ça guérit du rhume, de la toux, des maux de tête… Tout sauf la grippe.

Luke en but une gorgée et faillit s'étouffer. Il toussa, prit une grande inspiration et réessaya. Il réussit à avaler la deuxième gorgée, l'alcool lui brûlant la gorge en descendant. À sa grande surprise, cela apaisa son estomac, le réchauffant de l'intérieur. Il en but une autre gorgée et sentit le miel recouvrir sa gorge. Il n'avait pas réalisé à quel point elle était sèche et douloureuse avant de commencer à boire.

— Avale toute cette tasse. Ensuite, tu prendras un dîner rapide et tu iras te coucher. Tu seras en pleine forme demain matin.

— J'espère que vous avez raison. Je ne peux pas manquer le travail demain.

— Je te ferai une autre tasse de ce remède. Tu pourras l'emmener dans ton thermos et en boire durant toute la journée. Quand il sera temps pour toi de rentrer à la maison, l'alcool aura disparu de ton organisme et tu pourras conduire.

— Je vous crois sur parole. Je peux déjà sentir la différence.

Mme Twitchell lui adressa son plus beau sourire.

— Je crois que j'ai de la soupe quelque part, je peux en réchauffer pour toi. Comme ça, tu pourras aller te coucher directement au lieu de devoir redescendre pour dîner ou te faire à manger là-haut. Reste ici et bois ton thé.

Luke but son « thé », même si ce n'est pas le mot qu'il aurait utilisé pour décrire cette boisson. S'il y avait du thé à l'intérieur, son goût était effacé par ceux du miel et de l'alcool. Mme Twitchell fouilla dans son cellier et en sortit une conserve de soupe.

— Elle n'est pas faite-maison, mais c'est mieux que rien.

— C'est très bien, dit Luke d'une voix rauque. Je crois que je n'ai jamais mangé de soupe faite-maison. Cuisiner n'était pas le fort de ma mère. Elle me préparait à manger, mais ce n'était jamais très recherché.

Mme Twitchell laissa échapper un son désapprobateur en versant la soupe dans une casserole pour la réchauffer.

— Mon pauvre enfant. Demain, je préparerai une grande casserole afin que tu puisses en manger au dîner si tu ne te sens toujours pas bien. La soupe se garde assez bien dans un thermos. Si tu veux, j'en ai un autre que tu peux emprunter pour emporter de la soupe à déjeuner.

Elle posa le bol de poulet au vermicelle devant lui. Il en prit quelques cuillères par obligation, mais il n'avait pas vraiment faim. Il voulait juste aller se coucher. Mais elle avait fait l'effort de lui faire de la soupe, alors il allait en manger autant que possible.

Lorsque son bol et son thé furent terminés, Mme Twitchell le chassa vers son studio.

— Tu dors debout. Va au lit et si tu te sens toujours aussi mal demain, appelle l'écurie pour leur dire que tu es malade. Avoir un accident de la route parce que tu es fiévreux n'est ni dans ton intérêt ni dans celui de ton cheval.

Luke hocha la tête et monta avec difficulté les marches menant à son studio. Il avait besoin d'une douche, mais il n'eut la force que de retirer ses vêtements tachés et de se mettre au lit. Il enroula les couvertures autour de lui et pria pour se réchauffer aussi vite que possible.

LORSQUE Luke se réveilla le lendemain matin, il avait l'impression que quelqu'un avait rempli sa tête de coton, mais l'épuisement qu'il avait ressenti la veille s'était atténué. Il sortit du lit et se rendit à la douche, espérant que la chaleur de l'eau allait désembuer son esprit. Il avait quelques décongestionnants quelque part. Il en prendrait après sa douche afin de passer la journée.

Il enfila ses vêtements les plus chauds, avala un Sudafed et un Advil, puis il alla vérifier si Mme Twitchell était dans sa cuisine. Il ne la réveillerait pas si elle était encore endormie, mais le remède de sa grand-mère avait manifestement fonctionné. Si elle était réveillée, il accepterait avec plaisir sa proposition de lui en préparer un thermos.

La lumière était présente dans la cuisine, alors il frappa à la porte et entra.

— Comment vas-tu, ce matin ? demanda-t-elle gaiement dès qu'il fit son apparition.

— Mieux. Je suis toujours un peu dans le cirage, mais je ne suis plus aussi épuisé qu'hier. Je voulais savoir si vous seriez d'accord pour me préparer le thé de votre grand-mère. Juste au cas où j'aurais un coup de mou.

— Il est déjà prêt. J'ai juste besoin de ton thermos pour le transvaser.

Luke lui donna son thermos et la remercia.

— As-tu pris ton petit déjeuner ?

— Non, il est encore trop tôt. J'ai des flocons d'avoine dans mon casier à l'écurie. J'en réchaufferai après m'être occupé de King.

— N'oublie pas de manger quelque chose avant de boire le thé de grand-mère. C'est un mélange très fort. Tu ne peux pas le boire en ayant l'estomac vide, le prévint-elle.

— Oui, madame, répondit-il en faisant le salut militaire.

Elle rit et le frappa à l'aide de son torchon.

— Sors d'ici, petit garnement. Il ne faudrait pas que tu arrives en retard au travail.

— Merci, dit-il encore une fois en se penchant vers elle pour embrasser sa joue tendue. On se voit ce soir.

— Passe une bonne journée, dit-elle avec le sourire.

Il rangea le thermos dans son sac, mit son casque et prit le chemin du travail. Il faisait encore plus froid que le jour précédent. Les étoiles brillaient encore au-dessus de sa tête. Il n'y avait pas un seul nuage pour les cacher ou empêcher la température de descendre. Il se recroquevilla sur son scooter, essayant de conserver sa chaleur corporelle. Au moins, il y avait peu de voitures qui circulaient à cette heure-ci, alors il n'était pas ralenti par le trafic.

Il ne sentait presque plus ses doigts et ses orteils lorsqu'il se gara derrière l'écurie. Il se précipita à l'intérieur et échangea ses gants de moto contre ses gants de travail. Ils n'étaient pas aussi chauds, mais il ne voulait pas prendre le risque d'abîmer ses gants de moto dans l'écurie. Ses tremblements ne cessèrent pas, même dans la chaleur de la sellerie. Luke observa son thermos, se demandant s'il devrait prendre une gorgée de thé. Il n'avait pas encore mangé et n'avait pas le temps de le faire avant de nourrir King, mais s'il ne se réchauffait pas, il serait totalement inefficace.

Une petite gorgée ne lui ferait pas de mal. Juste assez pour le réchauffer. Il prit deux gorgées du breuvage, laissant le liquide chaud l'apaiser, puis il se dirigea vers la stalle de King pour le nourrir et le faire sortir.

King le salua avec son enthousiasme habituel. Luke essaya de lui sourire, mais le coup de tête que King donna sur son torse lui fit mal.

— Vas-y doucement, mon grand, dit-il en grattant ses oreilles douces. Je ne me sens pas très bien aujourd'hui.

Il toussa dans son coude et espéra qu'il n'avait pas fait une erreur en venant travailler. Maintenant, il était là et rentrer à la maison ne servirait qu'à lui faire affronter à nouveau le froid, ce qui n'était sûrement pas une bonne idée. Lorsque King termina de manger son avoine, Luke attacha la longe à son licol et ouvrit la porte de la stalle. Depuis quand était-elle devenue si lourde ? D'habitude, il n'avait aucun mal à l'ouvrir. Il s'appuya lourdement contre elle jusqu'à ce qu'elle soit assez ouverte afin que King puisse sortir. Luke toussa encore, si fort qu'il dut se tenir à l'encolure de King pour rester debout. Il resta un instant sur place, jusqu'à ce que sa quinte de toux passe.

— Je pense que j'ai besoin de prendre mon petit déjeuner, dit-il à King en l'emmenant jusqu'à l'intérieur du paddock.

Il vérifia que le portail était bien verrouillé afin que King ne puisse pas sortir, mais il ne s'attarda pas dehors pour regarder son protégé jouer dans la fraîcheur de l'aube, comme il le faisait d'habitude. Tout son corps lui faisait mal et le froid empirait son état. Il retourna vite à l'intérieur et se rendit directement dans la sellerie.

Les flocons d'avoine le réchauffèrent et remplirent son estomac, mais ce sentiment étrange de patauger dans des sables mouvants ne le quitta pas pendant qu'il nettoyait la stalle de King. Cependant, il devait terminer de le faire, car il ne pouvait pas laisser King dehors trop longtemps. Même avec sa couverture et son épaisse robe d'hiver, il attraperait froid et serait malade à son tour, puis Clay serait en colère et Luke perdrait son travail et…

Une autre quinte de toux interrompit son train de pensées. Lorsqu'elle cessa enfin, il se remua et alla chercher King. L'étalon ne semblait pas affecté par le temps qu'il venait de passer dans le froid, sa tête s'agitant joyeusement alors que Luke le ramenait dans l'écurie. Il referma la porte de la stalle et alla chercher le kit de pansage qu'il avait oublié de récupérer.

Il le ramena, mais il lui fallut trois essais avant de réussir à ouvrir la porte de la stalle. Il posa le kit de pansage dans un endroit sûr et commença à brosser King avec l'étrille. Les mouvements répétitifs l'apaisèrent et il se blottit contre le corps chaud de l'étalon tout en le brossant. Sa vision s'obscurcit légèrement. Il se stabilisa contre le flanc de l'animal.

— Je vais bien, dit-il lorsque King tourna la tête en le regardant avec inquiétude.

King le frotta avec son nez. Les genoux de Luke cédèrent sous son poids et il tomba dans la paille fraîche qu'il venait d'étaler. Il devait se relever. Rester allongé au sol alors que King se trouvait à côté n'était pas prudent. L'étalon pourrait lui marcher dessus et ça ferait mal.

Il entendit King hennir, mais le son semblait lointain. Cela faisait tellement de bien de s'allonger. Il resterait ainsi une petite minute, puis il se relèverait pour réconforter King. Il avait simplement besoin de reprendre son souffle…

Chapitre dix

DES voix transpercèrent le voile sombre qui l'entourait. Luke essaya d'ouvrir les yeux pour voir qui parlait, mais ils refusaient de coopérer. Quelqu'un lui toucha l'épaule, puis le cou. Il entendit King hennir. Il devait se mettre debout. King était contrarié. Pourquoi King était-il contrarié ?

— Reste allongé.

C'était la voix de Clay. Clay. Il était censé discuter avec Clay hier soir. Il était parti tôt. Pourquoi était-il parti tôt ?

— Joe, il est brûlant.

Luke se mit à tousser et ouvrit enfin les yeux. Le visage de Clay se trouvait devant lui, empreint d'inquiétude.

— Désolé, haleta Luke.

— N'essaye pas de parler.

Luke n'aurait pas pu même s'il avait essayé puisqu'il fut saisi par une nouvelle quinte de toux. Il se recroquevilla, essayant d'échapper à la douleur qui lui brûlait la poitrine.

— King, haleta-t-il en toussant.

— Joe l'a déplacé dans une autre stalle, dit Clay en caressant les cheveux courts de Luke. Peux-tu t'asseoir ?

Luke chercha à approfondir ce contact. Clay était en train de le toucher. D'habitude, Clay ne le touchait pas, peu importe combien Luke en avait envie. Il ferma les yeux et chercha du réconfort dans la paume douce de Clay.

— Luke, je t'en prie, ouvre les yeux.

La voix de Clay était si tendre. C'était à King dont il parlait de cette manière, pas à Luke. Le jeune homme poussa contre la main de Clay. Pourquoi Clay était-il ici ?

— Je t'en prie, Luke. Nous ne pouvons pas te laisser sur le sol.

Luke grogna et se recroquevilla encore plus. Il ne voulait pas bouger. Ça faisait mal. L'obscurité l'attira et il se laissa porter vers elle. La douleur n'existait plus dans l'obscurité. Quelqu'un lui secoua l'épaule.

— Luke.

Oh, Clay était ici. Clay voulait quelque chose. Que voulait-il que Luke fasse ? Il sentit un bras se glisser sous ses épaules. Le bras de Clay ? Clay était en train de le soulever, de le mettre en position assise. C'était douloureux de s'asseoir. Il gémit pour contester avant que cela se transforme en une autre quinte de toux. Il essaya de se rouler à nouveau sur le côté, mais Clay l'en empêcha.

Des bras puissants le hissèrent contre un torse musclé. Il tourna la tête et se blottit contre le corps chaud qui le tenait. Il sentait bon. C'était l'odeur de la sécurité, du réconfort et de la maison.

— Tiens bon, Luke. Nous allons t'emmener dans un endroit plus confortable.

Clay était en train de le porter. *Clay* était en train de le porter. Il essaya de s'éclaircir les idées pour comprendre ce qui se passait. Pourquoi Clay le portait-il dans ses bras ? Il n'était pas censé porter Luke. C'était le propriétaire de l'écurie. Le patron. Il réussit à ouvrir les yeux, mais tout ce qu'il vit fut la courbe de la mâchoire de Clay et la largeur de son torse, ce qui ne l'aida pas à comprendre ce qui se passait.

— Comment va-t-il ?

C'était la voix de Joe. Luke tourna la tête pour essayer de voir où se trouvait l'entraîneur, mais même ce léger mouvement était douloureux. Il geignit et enfouit de nouveau son visage contre le torse de Clay. Clay ne devrait pas être en train de le porter, mais c'était tellement agréable. Pourquoi Clay le portait-il ?

— Il est malade, dit son patron.

Était-ce vraiment cela ? Il avait pris des médicaments ce matin, alors il ne devrait pas être malade.

— Même à travers ses vêtements, je sens qu'il est brûlant de fièvre.

— Tu veux que j'appelle le docteur ?

Luke fit non de la tête.

— Pas de docteur, s'efforça-t-il de dire. Trop cher.

Si Clay ou Joe répondit, il ne les entendit pas. Clay le déposa sur quelque chose de doux. Un lit ? Un canapé ? Un nuage ? Cela ne pouvait pas être un nuage.

Les nuages n'étaient pas solides. On aurait vraiment dit un nuage.

— Tiens, enroule ça autour de lui, dit Joe. C'est propre.

La couverture que Clay enroula autour de lui sentait le cheval. King. Luke s'assit avec difficulté.

— King, haleta-t-il. Où est King ?

— Il va bien, répondit Clay sur un ton rassurant. Il veut que tu te reposes et que tu te remettes vite.

— Que je me remette ? demanda Luke. Je suis malade ?

— Oui, tu es malade. Allonge-toi et repose-toi. Je vais aller chercher un thermomètre pour prendre ta température et nous déciderons quoi faire ensuite.

Luke se laissa retomber sur le canapé et laissa Clay le border. Il n'était pas censé tomber malade. Le remède de Mme Twitchell était supposé prévenir toutes les maladies sauf la grippe.

Clay revint quelques minutes plus tard avec un thermomètre. Luke ouvrit sagement la bouche et tint le bâton épais sous sa langue. Celui-ci bipa quelques minutes plus tard.

— 41 de fièvre, annonça Clay. Pas étonnant que tu sois complètement à l'ouest. Je vais t'emmener à l'hôpital, Luke. Tu es trop malade pour rester ici.

— Pas de docteur, répéta Luke. C'est trop cher.

— Tu es couvert par l'assurance de l'exploitation, désormais, lui rappela Clay. Tu n'auras que le ticket modérateur à payer et le reste sera pris en charge par l'assurance.

Luke secoua la tête, mais Clay l'ignora.

— Peux-tu marcher ?

Luke s'assit avec difficulté, ses bras trop coincés dans la couverture pour se libérer.

— Je ne sais même pas pourquoi j'ai posé la question. Laisse-moi t'aider.

Luke resta assis, impuissant, pendant que Clay retirait la couverture qui le recouvrait. Il tendit les bras dès qu'ils furent libérés. Clay les prit et le mit sur pieds. Luke avança d'un pas hésitant, mais la pièce se mit à tourner autour de lui et il trébucha.

— D'accord, tu ne peux pas marcher, dit Clay en le soulevant à nouveau dans ses bras. C'est bon, je te tiens.

Luke se blottit dans les bras de Clay.

— J'ai soif, murmura-t-il.

— J'ai une bouteille d'eau dans le coffre. Tu pourras la boire si tu es capable de le faire sans en mettre partout sur toi. Sinon, nous demanderons de l'eau lorsque nous arriverons chez le docteur. Et ne me dis pas que c'est trop cher. Tu es trop malade pour ne pas aller voir un docteur. Tu dois guérir si tu veux revenir et rassurer King.

King. King était contrarié. Il se rappela que King avait été contrarié. Pourquoi était-il contrarié ?

— Je dois voir King, dit-il en s'agitant dans les bras de Clay. Laisse-moi descendre.

Clay dit quelque chose. Luke entendit sa voix, mais les mots se perdirent dans le bruit sourd qui envahit ses oreilles lorsqu'il se débattit pour rejoindre King. Quelque chose avait contrarié King.

— Luke, arrête ! Je vais finir par te lâcher si tu continues.

Le ton sec de Clay transperça le brouillard de son esprit. Que faisait Clay ici ?

— King est contrarié, dit Luke plaintivement.

— Oui, il l'est, acquiesça Clay. Tu t'es effondré à ses pieds. La dernière fois que ça s'est produit, la fin n'a été heureuse pour personne.

Clay semblait triste. Clay n'était pas censé être triste. Luke était supposé lui rendre sa joie de vivre. Il blottit sa tête contre le torse de Clay afin de le réconforter.

— Regarde, dit Clay en lui posant les pieds à terre et en le faisant tourner dans l'autre sens. King est ici. Caresse-lui le nez pour qu'il comprenne que tu es toujours en vie et ensuite nous t'emmènerons chez le docteur.

Luke tendit la main, mais il ne trouva pas le nez de King. Il n'était pas à l'endroit où ses yeux le lui montraient. Clay recouvrit la main de Luke de la sienne et la posa sur le nez de King. L'étalon renifla sa main et la mordilla. Luke le gratta sous le menton.

— Je ne me sens pas bien.

Il eut une crampe douloureuse au ventre. Il se pencha en avant lorsqu'il sentit qu'il allait vomir. Il essaya de prévenir Clay, mais il ne réussit qu'à grogner avant que le contenu de son estomac termine sur la passerelle.

Et les bottes de Clay.

— Désolé, haleta-t-il à travers ses haut-le-cœur.

— Je préfère que tu le fasses ici que dans ma voiture. Allez, allons voir le docteur.

Luke regarda King. Il devait s'assurer que l'étalon allait bien avant de partir.

— Tout va bien, dit King.

King était en train de lui parler ? Depuis quand pouvait-il parler ?

— Laisse Clay prendre soin de toi, ajouta l'étalon.

Les mots réconfortants de King étaient tout ce dont il avait besoin. Il retomba dans les bras de Clay. Celui-ci le souleva et déposa un baiser tendre sur son front en le portant hors de l'écurie.

Le mordant de l'air froid désembua l'esprit de Luke. Il avait halluciné. King ne pouvait pas parler et Clay ne l'embrasserait jamais.

— Je suis vraiment malade, hein ? demanda-t-il, espérant obtenir une réponse franche tant qu'il était encore lucide.

— Oui, tu as une forte fièvre, tu perds de temps en temps connaissance et tu viens de vomir sur mes bottes. Nous allons nous rendre à l'hôpital pour qu'ils nous disent ce que tu as.

— Je déteste les hôpitaux.

Il était en train de geindre, mais il ne semblait pas pouvoir s'en empêcher.

— Moi aussi, mais je refuse de te mettre en danger. Dès qu'ils nous diront ce qui ne va pas, je te ramènerai à la maison. Tu n'es pas obligé de rester à l'hôpital. Tu dois seulement les laisser faire leur métier et nous dire ce que nous devons faire afin que tu guérisses.

— Oui, la maison, répéta Luke alors que Clay le déposait sur le siège passager d'un pick-up de la ferme.

Mme Twitchell prendrait soin de lui. De la soupe, le remède de sa grand-mère et l'absence de froid. Il avait si froid. Il se roula en boule dès que les bras de Clay le libérèrent.

— Assieds-toi, Luke. Je dois… ceinture…

Les mots n'étaient pas assez clairs pour être intelligibles. Luke secoua la tête lorsque son esprit se brouilla à nouveau. Ses yeux étaient ouverts, du moins il en avait l'impression, mais tout était noir. Des mains le faisaient bouger. Il essaya de résister, mais elles étaient implacables.

— Maman, murmura-t-il.

Il sentit des lèvres sur son sourcil, comme lorsque sa mère lui disait bonne nuit.

— Je t'aime, maman.

Il trembla violemment, ferma les yeux et laissa l'obscurité l'emporter.

Chapitre onze

LE son des machines réveilla Luke. Il s'étira sous de lourdes couvertures. Sa literie n'était pas si lourde. Où était-il ? Il ouvrit doucement les yeux et vit une pièce sombre qui ne ressemblait pas du tout à son appartement. Il cligna des yeux, mais son environnement ne changea pas. Il n'était pas à la maison alors, où était-il ?

Il tenta de s'asseoir, mais son corps protesta vivement, la douleur explosant dans ses muscles et ses articulations. D'accord, il ne s'assiérait pas. Il essaya de se souvenir, de donner un sens à tout cela. La dernière chose dont il se souvenait était d'avoir mangé de la soupe avec Mme Twitchell et de lui avoir promis de passer la voir le lendemain matin pour récupérer une autre tasse du remède de sa grand-mère. Il fronça les sourcils. Était-il tombé malade ?

La porte de sa chambre s'ouvrit et une femme en blouse bleu clair entra.

— Ah, c'est bien, vous êtes réveillé. Le docteur a dit que vous devriez vous sentir mieux ce matin, maintenant que le Tamiflu a fait son effet.

— Où… ? commença-t-il, mais une quinte de toux l'arrêta avant même qu'il ait pu terminer sa phrase.

L'infirmière se précipita à son côté et lui tendit un verre rempli de glaçons.

— Prenez-en un et laissez-le fondre sur votre langue. Vous êtes à l'hôpital Chandler. Vous avez attrapé la grippe. Votre patron, M. Hunter, vous a amené aux urgences hier vers onze heures du matin. Je vais laisser le docteur vous expliquer le reste lorsqu'il viendra vous rendre visite, mais vous n'avez pas à vous inquiéter. Vous allez vite récupérer.

— Quelle heure est-il ?

Cela faisait mal de parler, comme si quelqu'un avait frotté sa gorge avec de la laine de verre, mais il avait besoin de le savoir.

— Il est sept heures du matin, le docteur a déjà commencé sa ronde. Il ne devrait plus tarder. Et puis vous avez deux visiteurs qui attendent de vous voir.

Des visiteurs ? Qui viendrait le voir ?

Il hocha la tête en guise de remerciements et referma les yeux. Il n'avait pas mal lorsqu'il les ouvrait, mais cela lui demandait plus d'énergie qu'il n'en avait. Il les ouvrirait de nouveau lorsque quelqu'un aurait besoin de lui.

D'après ce qu'avait dit l'infirmière, il avait perdu entre vingt-quatre et trente-six heures de souvenirs. En se concentrant, il se rappela être allé au travail le jour précédent. Il faisait froid, comme toujours, et il avait pris un thermos du remède de Mme Twitchell.

Il était certainement toujours rangé dans son casier à la ferme, mais c'était le moindre de ses soucis. Ce qui l'inquiétait le plus était de savoir comment il avait terminé à l'hôpital... et comment il allait payer les frais. Il voyait déjà ses plans méticuleusement réfléchis partir en fumée. Il avait été à deux doigts de rembourser la totalité de ses dettes.

Mais maintenant qu'il était piégé dans un lit d'hôpital, il ne pouvait plus revenir en arrière. Le dos de sa main le piquait. Il ouvrit les yeux et baissa le regard sur celle-ci ; une aiguille était plantée dans sa peau. Une perfusion ? Il frissonna. Au moins, il avait été inconscient lorsqu'ils la lui avaient mise. Il détestait les aiguilles. Rien que le fait d'en voir une lui donnait la nausée. Il fit en sorte que sa main se retrouve sous la couverture. Il pouvait toujours la sentir, mais c'était toujours mieux que de la sentir et de la voir.

Il essaya de se ressaisir et de se focaliser sur ses souvenirs de la journée précédente. Il était allé au travail. Il se rappelait avoir nourri King, mais ce n'était peut-être pas vraiment un souvenir puisque c'était une tâche quotidienne. Il avait commencé à le brosser, puis tout était devenu flou. Clay lui avait parlé, l'avait emmené dans le bureau, avait pris sa température, l'avait emmené voir King. King lui avait parlé. Clay l'avait embrassé. Il secoua la tête. D'accord, ces deux dernières choses n'étaient certainement pas arrivées. En plus de tout cela, il s'était certainement mis à halluciner.

Il devrait s'excuser auprès de Clay pour toutes les choses qu'il avait pu dire ou faire lorsqu'il avait été dans le cirage. Il aurait pu dire n'importe quoi et il ne s'en souviendrait pas.

La porte de la chambre s'ouvrit et un docteur entra, suivi d'une troupe d'internes.

— M. Davis, je suis heureux de vous trouver réveillé. Hier, nous nous sommes un peu inquiétés pour vous.

Luke essaya de sourire, mais il n'était pas sûr d'avoir réussi. Le docteur s'approcha de lui et vérifia les informations transmises par les différentes machines reliées à son corps.

— Comment vous sentez-vous ?

Luke ne savait pas vraiment quoi répondre.

— J'ai mal à la gorge.

— Je suis sûr que ce n'est pas le seul endroit où vous avez mal. Vous avez la grippe. Vous avez été admis hier avec une forte fièvre qui aurait pu être dangereuse. Nous avons fait redescendre votre température et nous vous avons fait une perfusion pour lutter contre la déshydratation. Votre patron nous a dit que vous aviez souffert de vomissement, alors nous vous avons aussi donné un anti-vomitif et de forts antibiotiques pour éviter tout risque d'infection secondaire.

Vomissement… Luke grogna lorsqu'il se rappela le moment où il avait vomi sur les bottes de Clay. Il avait espéré que ce soit une hallucination accompagnant celle de King qui lui parlait. Cela n'était apparemment pas le cas.

— Combien de temps vais-je devoir rester ici ?

— Tout dépendra de votre réaction au traitement. Une fièvre a tendance à être cyclique, alors même si votre température est descendue grâce à la couverture refroidissante et à l'ibuprofène, elle remontera certainement lorsque les effets du médicament se seront estompés. Nous devons nous assurer qu'elle ne remonte pas si haut. Vous avez eu de la chance. Votre patron a senti le danger et vous a emmené aux urgences. Une fièvre si forte peut causer des dommages cérébraux si elle n'est pas soignée. Il a dit que vous appeliez votre mère, mais il n'a pas trouvé le moyen de la contacter.

Luke fit la grimace. Il était pathétique… Appeler sa mère dès qu'il tombait malade, comme un enfant.

— Elle est morte il y a trois ans. Il n'y a plus que moi.

— Toutes mes condoléances, dit automatiquement le docteur. Y a-t-il une autre personne qui peut prendre soin de vous lorsque vous sortirez ? Nous pouvons vous stabiliser afin que vous puissiez rentrer à la maison dans un jour ou deux, mais vous ne vous sentirez pas mieux avant au moins une semaine. Vous avez une grippe assez virulente et vous allez avoir besoin d'aide si vous retournez à la maison.

— Ma propriétaire pourrait m'aider. Enfin, si je ne suis pas contagieux. Je ne voudrais pas lui transmettre le virus.

— Vous avez le temps de vous mettre d'accord avec elle. Vous n'êtes pas encore prêt à rentrer chez vous. Je n'aime pas le son que font vos poumons. Je n'ai pas encore écarté la possibilité d'une pneumonie, même si j'espère que les antibiotiques que je vous ai donnés empêcheront cette maladie de se développer. Nous aurons les résultats de vos prises de sang plus tard dans la journée, ce qui nous permettra de nous assurer que vous ne souffrez de rien d'autre avant de vous autoriser à partir.

— Merci.

Luke ferma les yeux, déjà épuisé par ce flot d'informations. Il valait mieux que le docteur ne le laisse pas partir. S'il ne pouvait même pas tenir une conversation durant cinq minutes, il n'était certainement pas prêt à être seul.

— Reposez-vous un peu. L'infirmière passera régulièrement vous voir pour vérifier vos constantes, mais si vous avez besoin de quoi que ce soit, n'hésitez pas à appuyer sur le bouton d'appel. Nous sommes ici pour vous aider.

— Elle a parlé de visiteurs, je crois. Tout est encore un peu flou dans mon esprit.

— Oui, vous avez un visiteur. Je vais prévenir le bureau des infirmières que nous en avons terminé et qu'il peut venir vous voir. Mais n'empirez pas votre état en essayant de trop parler. Vous avez vraiment besoin de vous reposer et de laisser votre corps récupérer.

Des papillons explosèrent dans le ventre de Luke en entendant les mots du docteur. « Il » signifiait Clay. Luke n'était pas encore prêt à lui faire face. Il était toujours affaibli et ne savait pas ce qu'il avait pu dire ou faire pendant qu'il avait été souffrant. Cependant, il ne pouvait pas vraiment refuser de le voir, étant donné que Clay l'avait emmené à l'hôpital. Il aurait pu l'abandonner dans l'écurie. C'est ce que Dougherty aurait fait s'il l'avait retrouvé malade.

Le docteur partit, donnant un moment à Luke pour se préparer psychologiquement. Il tira les couvertures par-dessus son torse pour cacher la blouse d'hôpital ainsi que les fils et les tubes qui étaient attachés à lui. Au moins, il n'avait pas une sonde d'intubation, même si cela lui avait donné une excuse pour ne pas parler. Bien trop tôt, la porte s'ouvrit et Clay entra.

Luke remarqua qu'il avait l'air fatigué et peut-être un peu inquiet. Évidemment qu'il était inquiet. Sans Luke, il lui manquait un employé et pas n'importe lequel : celui qui prenait soin de King.

— Comment va King ? lança Luke avant que Clay ne puisse dire quoi que ce soit.

Le sourire que son patron lui adressa était indulgent.

— Il est très triste que tu n'aies pas pris soin de lui ce matin. Il a passé tout son temps dans le paddock à t'appeler en restant près du portail.

— Je suis désolé. Je serai de retour aussi vite que possible. Je ne voulais pas causer de soucis à qui que ce soit.

— De quoi te souviens-tu concernant la journée d'hier ?

Les joues de Luke devinrent rouges en entendant cette question. Il espéra que c'était dû à sa gêne et non pas au retour de la fièvre, même si cela était peut-être préférable aux vrais et aux faux souvenirs qui se baladaient dans son esprit.

— Pas grand-chose. Le docteur a dit que ma fièvre était assez haute pour avoir causé des hallucinations.

— Je t'ai retrouvé sur le sol, dans la stalle de King. Il frappait ses sabots contre la porte. Il paniquait parce que tu ne te relevais pas. Je t'ai emmené le voir avant de partir à l'hôpital. Cela a permis de l'apaiser, alors il n'attend plus que ton retour. Il a eu peur pour toi, Luke. Je ne sais pas comment tu as obtenu sa loyauté si rapidement, mais tu l'as fait. Il t'appartient désormais, pour le meilleur et pour le pire.

— Je crois que je me souviens de ça. Il n'était pas dans sa stalle, mais il a passé sa tête dehors afin que je puisse le gratter sous le menton. Sauf qu'ensuite, il s'est mis à me parler, alors peut-être que ce n'est pas vraiment un souvenir.

— Je ne me rappelle pas l'avoir vu te parler, dit Clay dans un rire. Mais tu l'as longuement gratté sous le menton avant de vomir sur le sol. Tout va bien aller pour lui. Il faut que tu récupères rapidement pour pouvoir revenir à l'écurie et le rassurer. Il ne comprend pas ce qu'est un arrêt maladie. Par contre, il se souvient…

Luke n'avait pas besoin que Clay termine sa phrase pour comprendre de quoi se souvenait King. Il avait vu les photos de l'étalon protégeant le corps meurtri de son cavalier après l'accident et il avait lu les articles racontant qu'ils avaient dû lui injecter une dose de tranquillisant avant qu'il ne laisse les ambulanciers s'approcher de Nick Morris pour vérifier s'il était toujours en vie. Luke avait de la chance que King ait laissé Clay entrer pour lui venir en aide.

— Je n'avais pas l'intention de faire remonter de mauvais souvenirs.

— Personne ne t'en veut, le rassura Clay. Tu as la grippe. Par contre, je ne comprends vraiment pas pourquoi tu as conduit ce scooter pour venir au travail par un froid pareil alors que tu étais malade. Tu aurais dû nous passer un coup de fil et rester à la maison.

Avant que Luke ne trouve une réponse à cette question, la porte de la chambre s'ouvrit une nouvelle fois.

— Lucas Jefferson Davis, j'étais morte d'inquiétude !

Luke fut tellement gêné de voir débarquer Mme Twitchell dans la chambre et se précipiter vers son lit que ses joues le brûlèrent.

— Tu n'es pas rentré hier soir et tu n'as pas appelé. J'ai tout de suite cru que tu avais eu un accident avec ton scooter et qu'il ne resterait rien de toi mis à part une tache de graisse.

— Je vais bien.

L'effort qu'il fit en parlant lui valut une quinte de toux.

— Non, tu ne vas pas bien, répliquèrent Clay et Mme Twitchell à l'unisson.

Cela aurait pu faire rire Luke s'il n'avait pas été en train de tousser si fort. Clay lui tendit le verre de glaçons. Il en prit quelques-uns et attendit que sa quinte de toux se calme.

— D'accord, je ne vais pas bien, mais je ne suis pas mort et le docteur a dit que j'irai bien. Je dois juste attendre que les médicaments fassent effet.

Mme Twitchell le fusilla du regard, mais Luke n'avait pas la force de se disputer avec elle. Il ferma les yeux pour réguler sa respiration afin d'éviter une autre quinte de toux.

— Je suis Clay Hunter, madame. Le patron de Luke.

— Nadine Twitchell. Il vit dans le studio au-dessus de mon garage.

— Je suis ravi de faire votre connaissance. Il me parle souvent de vous. Je suis désolé de ne pas vous avoir appelée la nuit dernière, mais je n'avais pas vos coordonnées.

Luke était prêt à parier que Mme Twitchell était en train de minauder comme une collégienne. Il n'avait même pas besoin d'ouvrir les yeux pour voir l'expression de pur plaisir sur son visage. Il savait que Clay pouvait être un charmeur quand il le décidait. Il ne l'avait simplement jamais vu à l'œuvre.

— Eh bien, nous pouvons remédier à cela. Laissez-moi aller demander un bout de papier aux infirmières. Je vais vous donner mon numéro de téléphone.

— Vous pourriez me le dire directement afin que je l'enregistre dans mon téléphone. Ainsi, nous n'aurions pas besoin de déranger les infirmières.

— Vous, les jeunes, et tous vos appareils ! dit-elle avant de lui donner son numéro de téléphone. Par contre, vous allez devoir m'écrire le vôtre. Je n'ai pas de téléphone portable.

— Je le ferai avant de partir.

Luke ouvrit les yeux lorsqu'on lui toucha la main.

— Je dois retourner à la ferme, Luke. Je vais laisser mon numéro à Mme Twitchell et aux infirmières. Si tu as besoin de quoi que ce soit, appelle-moi. J'essaierai de passer te voir ce soir, pour voir comment tu te portes.

Luke hocha la tête, n'ayant pas confiance en sa voix… ou en sa bouche, d'où pourraient sortir des paroles qu'il ne devrait pas prononcer. Par exemple : « *M'as-tu embrassé hier soir ?* ». Oui, ce serait malvenu. Il avait entendu King lui parler et il avait demandé sa mère, ce qui prouvait qu'il n'avait pas vraiment eu les idées claires. Clay ne l'avait pas embrassé. Cela n'avait été qu'une illusion de plus amenée par sa forte fièvre.

— Accompagnez-moi jusqu'au bureau des infirmières afin que je vous donne mon numéro, proposa Clay à Mme Twitchell. Comme ça, vous pourrez me joindre directement au lieu de passer par le bureau de l'écurie ou de me laisser un message sur le répondeur de ma maison. Je sais que vous ne le donnerez à personne d'autre.

— Bien sûr que non, répondit Mme Twitchell en suivant Clay à travers la porte.

Luke se blottit encore plus sous les couvertures. Clay allait partir, mais il était certain que Mme Twitchell allait revenir. Et lorsqu'elle serait de retour, il ne s'en sortirait pas si bien.

— Tu ne m'avais pas dit que Clay Hunter était un jeune homme aussi agréable, dit-elle lorsqu'elle revint dans sa chambre. Il est charmant.

— Il a bien pris soin de moi, hier. Je ne me suis pas rendu compte de la gravité de mon état avant qu'il soit trop tard pour que je puisse faire quelque chose.

— As-tu pris ta température hier matin ou as-tu simplement décidé que tu allais bien ?

— Je n'ai pas pris ma température, admit-il. Mais je n'ai pas eu de fièvre jusqu'à plus tard dans la matinée. Je ne pense pas qu'elle était assez forte lorsque je suis parti de la maison pour que, cela fasse une différence.

— Tu as de la chance d'avoir un patron si gentil. S'il prêtait moins d'attention à ses employés, tu pourrais être dans un état grave.

— Oui, le docteur me l'a bien fait comprendre lorsqu'il est passé ce matin. Il pense que je vais pouvoir retourner à la maison demain ou après-demain si quelqu'un accepte de veiller sur moi. Je déteste avoir à vous demander ça, mais les hôpitaux sont si chers et…

— Arrête-toi tout de suite, l'interrompit-elle. Bien entendu que je peux veiller sur toi, même si je ne pense pas que je serai la seule à le faire si j'en crois la manière dont M. Hunter tournait autour de toi. Je savais qu'il était beau, mais il est encore plus séduisant en réalité. Et il s'inquiète tellement pour toi. Je t'ai dit qu'il serait intéressé si tu lui faisais comprendre que tu étais disponible.

— Ce n'est pas du tout ça. Il ne me voit pas de cette manière. Je suis un atout pour son écurie parce que King me fait confiance. Cet étalon a connu assez de périodes difficiles dans sa vie. Il ne serait pas bon pour lui de perdre un nouveau palefrenier. C'est tout.

— Il n'était pas dans ta chambre d'hôpital avant huit heures du matin parce qu'il est inquiet pour un cheval. Je me moque de savoir combien ce cheval est spécial ou combien son propriétaire est loyal. Ce n'est pas la raison pour laquelle il était ici. Je veux savoir ce que tu comptes faire à propos de ça.

Il se rappela les propos que Joe avait tenus le jour de sa promotion.

— Rien. Il y a moins de deux ans, il a perdu son partenaire dans un terrible accident. S'il est prêt à tenter sa chance avec moi, il me le fera savoir. S'il ne l'est pas, je dois respecter son choix. Je ne vais pas mettre en péril mon travail en faisant ce genre d'erreur.

— Fais ce que tu veux, mais j'aurais le droit de te dire que j'avais raison lorsqu'il te demandera de sortir avec lui.

La porte s'ouvrit et une aide-soignante entra avec un plateau-repas.

— Voici votre petit déjeuner, M. Davis.

Luke lui adressa un sourire, même si l'idée de manger ne lui plaisait pas.

— Merci.

L'aide-soignante installa le plateau devant lui et l'aida à s'asseoir pour qu'il puisse manger. Il réussit à avaler quelques bouchées, mais même l'action de lever la fourchette jusqu'à sa bouche était épuisante.

— Laisse-moi faire, dit Mme Twitchell en prenant les couverts de ses mains. Si tu continues, ton petit déjeuner va finir étalé sur ta couverture au lieu d'arriver dans ton ventre.

Luke ouvrit sagement la bouche quand elle lui tendit une fourchette pleine d'œufs. Ils étaient coulants et fades, mais il les avala parce qu'elle s'inquiéterait s'il ne les mangeait pas. Il pouvait supporter beaucoup de choses, mais il ne supporterait pas de se faire réprimander dans l'état où il était.

Il termina son petit déjeuner, mais même avec de l'aide, il était épuisé par l'effort.

— Repose-toi un moment, dit Mme Twitchell. Je vais tricoter pendant que tu dors.

— Vous n'êtes pas obligée de rester.

— Je sais, mon joli, mais même si j'étais à la maison, je tricoterais et je regarderais la télévision. Je peux faire la même chose ici et t'aider lorsque tu en as besoin.

— Merci, bredouilla-t-il avant de s'endormir.

Chapitre douze

LUKE se réveilla à plusieurs reprises durant la journée, lorsque l'infirmière venait prendre ses constantes, et Mme Twitchell était à chaque fois assise dans la chambre en train de tricoter. Elle semblait en avoir presque terminé avec la couverture sur laquelle elle travaillait. Une fois, elle lui avait dit qu'elle faisait don de toutes ses couvertures à *Warm Up America* parce que c'était le procédé de création qui la rendait heureuse et non le fait de garder le produit final.

— C'est très joli.

— Merci. Il se peut que je le termine aujourd'hui. Être assise ici avec toi me rend plus productive. Comment te sens-tu ?

Luke se concentra pour faire le point sur son état. Son corps était toujours douloureux, même s'il ne l'était plus autant qu'avant, et ses pensées étaient encore légèrement diffuses.

— Je ne sais pas trop, mais je pense que je vais un peu mieux. Je ne me sens plus aussi à l'ouest. J'étais assez incohérent hier, d'après mes rares souvenirs.

— Les fortes fièvres peuvent avoir cet effet, acquiesça-t-elle. Tes hallucinations étaient-elles agréables ?

Luke se mit à rire et c'était certainement la réaction qu'elle avait voulu provoquer chez lui, bien que cela le fasse tousser. Il but un peu et régula sa respiration.

— J'ai cru que King me parlait. Est-ce que ça compte ?

Cela fit rire, Mme Twitchell.

— Oh, c'en est une bonne. Quoi d'autre ?

Luke hésita. S'il lui parlait de son autre hallucination, elle insisterait encore plus sur le fait que Clay était intéressé par lui.

— J'ai cru…

— Quoi ?

— Non, c'est ridicule, dit-il en secouant la tête.

— Tu n'es pas obligé de me le dire. Je ne vais pas te pousser à me parler d'une chose que tu n'es pas prêt à partager.

— J'ai cru que Clay m'avait embrassé, lança Luke. Mais cela faisait forcément partie de l'hallucination puisque c'est arrivé lorsque King était en train de me parler.

C'était arrivé une deuxième fois, mais il avait été en train de parler à sa mère, ce qui était encore plus irréaliste que de parler à King.

Mme Twitchell posa ses aiguilles à tricoter et lui tapota la main.

— Écoute-moi bien, Luke. Je pense que Clay s'intéresse à toi et je sais que tu es attiré par lui. Tu as décidé qu'il y avait trop de points de divergence entre vous. As-tu déjà pensé au fait que cette manière de penser était ton problème, pas le sien, et qu'il n'en avait peut-être rien à faire que vous soyez différents ?

— Pourrions-nous arrêter de parler de ça ?

Il n'était pas en condition pour entendre une diatribe sur le fait que son père, son manque d'éducation, son manque de culture, son manque général de tout ne faisaient pas de lui une mauvaise personne. Ils avaient déjà eu cette conversation la nuit où Luke avait parlé de son père à Mme Twitchell. Il n'avait pas envie de revenir sur le sujet.

— Pour l'instant, oui, parce que tu es malade, mais lorsque tu seras guéri, nous en parlerons. Je déteste te voir gâcher une chance d'être heureux parce que tu ne t'autorises même pas à l'envisager. Si je me rappelle bien, Clay a bousculé le monde hippique lorsqu'il a commencé à sortir avec son ancien partenaire et il n'en a rien eu à faire. Pourquoi penses-tu qu'il se soucierait de l'opinion des autres aujourd'hui ?

— Parce que c'est toujours le cas. Si ce n'est pas une chose, c'en est une autre. Soit ils ne me considèrent que comme un joli minois et veulent simplement coucher avec moi, soit ils s'attendent à ce que je fasse preuve d'une classe que je n'ai pas et s'enfuient lorsqu'ils le découvrent. C'est plus simple de ne pas prendre le risque.

— Alors tu choisis les mauvais hommes. Tu ne veux pas être jugé sur ton passé ou sur les actions des autres. Ne fais pas la même chose à Clay.

Cela semblait tellement simple lorsque Mme Twitchell le disait, mais Luke ne pouvait pas effacer les souvenirs de ceux qui l'avaient repoussé parce qu'il ne voulait pas coucher le premier soir ou parce qu'il ne possédait pas de costume pour aller au restaurant.

— Je vais y réfléchir, dit-il finalement dans un bâillement.

— Repose-toi un peu. C'est le meilleur des remèdes.

LUKE ne se rappelait pas s'être endormi, mais lorsque l'infirmière le secoua, il se réveilla.

— Désolée de vous déranger, M. Davis, mais je dois faire une nouvelle prise de sang. Le docteur veut que je réalise quelques tests supplémentaires.

Luke cligna des yeux, à moitié endormi.

— Quelle heure est-il ?

— Presque dix-huit heures.

C'était la voix de Clay. Où était Mme Twitchell ?

— Mme Twitchell a dû s'absenter pour se rendre à une sorte de réunion de syndicat de couturiers, mais je lui ai dit que je resterai avec toi jusqu'à la fin des heures de visite.

— Vous êtes prêt ? demanda l'infirmière, captant l'attention de Luke.

Il hocha la tête et se tint prêt à sentir la piqûre de l'aiguille. Il ne pouvait pas regarder parce qu'il ne le supporterait pas, mais cela était encore pire, car il ne savait pas quand elle le piquerait.

— J'ai vu Mme Twitchell travailler sur une couverture. Ça semble être un sacré projet.

Luke s'accrocha à cette distraction comme à une bouée de secours.

— Elle fait partie d'un groupe qui tricote des couvertures pour des personnes dans le besoin. Je ne sais pas combien elle en a fait. Elle fait soit des couvertures complètes, soit des carrés qui sont ensuite assemblés avec les carrés d'autres personnes. C'est un très beau projet.

— Elle a l'air adorable. Tu as de la chance d'avoir une propriétaire comme elle. Tout le monde n'a pas cette chance. Je me souviens de la propriétaire du premier appartement dans lequel a emménagé Nick après avoir quitté son domicile familial. C'était une terreur. Mme Scrotenberry. Elle était aussi agréable que le suggère son nom.

— C'est horrible.

Luke grimaça lorsque l'aiguille perça sa veine, mais il garda les yeux rivés sur Clay.

— J'espère qu'il n'est pas resté trop longtemps dans ce logement.

— Il avait signé un bail de six mois, mais après six semaines, il est venu vivre chez moi et ne s'y rendait plus que pour récupérer son courrier. Ma maison était bien assez grande. Je n'ai jamais compris pourquoi il avait insisté pour prendre un appartement en premier lieu.

— Je ne peux pas te le dire. Je n'ai jamais eu le plaisir de faire sa connaissance.

— Voilà, c'est terminé, dit l'infirmière.

Luke sourit et la remercia. Lorsqu'elle fût partie, il se tourna vers Clay.

— J'espère que je n'ai pas dit ou fait quoi que ce soit de déplacé hier. J'ai quelques drôles de souvenirs qui ne peuvent pas être réels, mais il y a aussi des périodes dont je ne me souviens pas du tout.

— Tu n'as rien fait de déplacé, le rassura Clay. Tu étais très inquiet pour King, ce qui ne sera jamais une mauvaise chose. Mis à part cela, tu étais surtout perdu ; tu ne savais pas où tu étais et ce qui se passait.

C'était le « surtout » qui inquiétait Luke.

— Bien. Je me rappelle clairement avoir parlé à King et il m'a répondu, ce qui montre à quel point j'étais à côté de la plaque.

Il aurait juré que Clay était soulagé d'entendre ces paroles, mais cela ne faisait aucun sens, alors il mit cela sur le compte de la fatigue.

— Nous sommes allés le voir. Tu étais inquiet pour lui et il était inquiet pour toi. Tu te souviens au moins de cette partie. Tu n'as pas tout imaginé.

— Comment se porte King ? J'espère qu'il n'était pas trop contrarié que je ne sois pas à l'écurie aujourd'hui.

— Joe et moi avons travaillé avec lui, alors même si je sais que tu lui as manqué, il a quand même effectué sa routine sans broncher. Nous continuerons de travailler avec lui jusqu'à ce que tu sois assez en forme pour le faire toi-même.

— Je ne peux pas me permettre de prendre beaucoup de jours de repos, admit Luke. J'ai besoin de cet argent.

— As-tu lu le nouveau contrat que tu as signé lorsque tu es devenu le palefrenier de King ? Parce qu'il inclut une assurance, qui paiera les frais d'hôpital, ainsi que des congés maladie payés. La seule chose dont tu dois te soucier, c'est de ton rétablissement.

Luke sentit la chaleur lui monter aux joues. Il n'avait pas lu le contrat. Il avait été si enthousiaste à l'idée d'obtenir une augmentation et de travailler avec King qu'il n'avait pas fait attention au reste. Il avait rempli le formulaire d'assurance, mais il ne l'avait pas vraiment étudié. Sa mère n'avait plus eu d'assurance depuis le décès de son mari et Luke n'était pas habitué à recevoir des aides.

— Je devrais te gronder comme Mme Twitchell l'a fait. Lucas Jefferson Davis ! dit-il en prenant une voix aiguë.

Luke rigola, même s'il était embarrassé que Clay connaisse son nom complet.

— Elle me gronde, mais elle le fait pour mon bien.

— Je n'en doute pas. J'ai une question… Pourquoi ces prénoms ? Tes parents étaient des mordus de la guerre de Sécession ?

Luke tressaillit. Il détestait penser à son père ou à quoi que ce soit qui le lui rappelle.

— Mon père les a choisis. Je dois remercier ma mère de ne pas avoir mis Jefferson en premier prénom, mais sinon, tout est de la faute de mon père.

— C'est une manière… originale de l'expliquer, dit doucement Clay.

Luke haussa les épaules.

— Mon père est mort lorsque j'étais en maternelle. Il ne m'a jamais manqué. Je n'ai jamais compris pourquoi ma mère s'était mariée avec lui.

— Il ne devait pas être si mauvais.

Luke ne le contredit pas parce qu'il ne voulait pas en discuter, mais son père avait été une personne très mauvaise. Luke avait passé la plus grande partie de son adolescence à prendre ses décisions en se demandant ce que son père aurait fait et en faisant exactement le contraire. Ce n'est qu'après le décès de sa mère qu'il avait réalisé qu'il donnait bien trop d'importance à son père en agissant de cette manière. Depuis, il avait décidé de prendre ses décisions en se demandant ce que sa mère aurait fait.

— Luke ?

— C'était un bigot raciste, homophobe et xénophobe. Le tribunal a jugé que sa mort était un homicide involontaire, mais je ne doute pas une seconde qu'il ait provoqué l'homme qui l'a poignardé dans ce bar. Il prenait plaisir à contrarier les autres. Alors si, c'était une très mauvaise personne.

Le visage de Clay se crispa.

— Je suis désolé. Je ne savais pas.

— Ce qui est tout à fait normal. Presque personne n'était au courant à l'endroit où nous vivions. Alors je ne pense pas que cette affaire soit passée dans vos journaux télévisés.

— Peu importe, je n'aurais pas dû insister sur le fait alors que tu ne voulais pas parler de lui. Ce ne sont pas mes affaires.

Alors, pourquoi avoir insisté ? se demanda Luke, cependant il ne le dit pas à voix haute. Il ne voulait pas connaître la réponse. Si Clay avait été intéressé par lui avant – même si Luke n'y croyait pas une seconde –, il ne l'était certainement plus maintenant qu'il connaissait la vérité le concernant.

— Ce n'est pas comme si c'était un secret.

— Cela ne veut pas dire que j'ai le droit d'insister, répondit Clay en regardant sa montre. J'aimerais ne pas avoir à le faire, mais je dois partir. Je dois m'entretenir au téléphone avec un éleveur australien et il y a peu d'heures durant lesquelles nous sommes tous les deux réveillés. Repose-toi, d'accord ?

Luke reconnaissait une excuse bidon lorsqu'il en entendait une, mais il sourit.

— Je n'ai pas grand-chose d'autre à faire, bloqué dans ce lit. Bonne chance avec cet éleveur et donne une pomme à King de ma part.

— Je n'y manquerai pas, promit Clay. Si j'arrive à me libérer, j'essaierais de passer demain pour venir voir comment tu vas.

Luke hocha la tête et ferma les yeux. Clay comprendrait alors qu'il était sur le point de s'endormir et cesserait de faire des promesses en l'air.

Il attendit que la porte s'ouvre et se referme avant de rouvrir les yeux. La chambre était vide sans Clay ou Mme Twitchell pour lui tenir compagnie, mais les employés de l'hôpital lui apporteraient bientôt le dîner et des médicaments, puis il pourrait dormir. Cela dit, vu qu'il avait dormi toute la journée, il resterait probablement éveillé toute la nuit.

Il pourrait la passer à regarder quelles chaînes du câble possédait l'hôpital.

Chapitre treize

LE docteur annonça que l'état de Luke était assez stable pour qu'il quitte l'hôpital le lendemain après-midi, à partir de quatorze heures. Luke essaya de se concentrer sur toutes les instructions que le docteur était en train de leur donner concernant les restrictions, les médicaments et les dosages, mais son esprit était occupé par le fait que Clay ne soit pas venu le voir ce matin. C'était stupide d'y avoir cru, mais il s'était laissé aller à espérer. Maintenant que ses espoirs étaient réduits à néant, il ne pouvait s'en prendre qu'à lui-même.

Lorsque le docteur eut terminé, Mme Twitchell partit récupérer sa voiture pendant que Luke échangeait sa blouse d'hôpital contre des vêtements propres que lui avait rapportés sa propriétaire. Il tenta de négocier pour ne pas avoir à utiliser le fauteuil roulant, mais l'aide-soignant était intraitable. Il insista pour conduire Luke à l'angle de l'hôpital et l'aider à s'installer dans la voiture de Mme Twitchell.

— J'ai été assez dorloté pour le restant de mes jours, grommela-t-il lorsque Mme Twitchell sortit de l'aire de stationnement.

— Alors, ne tombe plus jamais aussi malade, parce qu'on a tendance à dorloter une personne lorsqu'elle dépasse les 40 de fièvre. Les gens commencent à se demander si tu vas en mourir.

Luke fit la grimace, mais il n'argumenta pas. Il était sûr de ne pas remporter ce duel.

Il pensait ne plus être fatigué, mais il avait dû s'endormir sur la route parce qu'il ne se réveilla que lorsque Mme Twitchell coupa le moteur dans le garage.

— Descendons et allons te mettre au lit.

— Cela va me faire du bien de dormir dans mon propre lit.

— Pas avant quelques jours, répliqua Mme Twitchell. Je ne peux pas monter les escaliers toutes les quelques heures pour vérifier si tu te portes bien. Tu vas devoir dormir dans la chambre d'amis jusqu'à ce que tu sois assez rétabli pour pouvoir monter et descendre seul. J'ai descendu ton oreiller et ta couette pour que tu aies au moins cela.

Luke soupira et se laissa guider jusqu'à la chambre d'amis qui se trouvait près de la cuisine. Lui qui avait dit ne plus vouloir être dorloté…

— Maintenant, repose-toi. Je vais aller réchauffer de la soupe pour le dîner. Cette fois-ci, elle est faite – maison. Elle va te remettre sur pieds en un rien de temps. Je ne viendrai te déranger que pour te donner ta prochaine dose de médicaments. Repose-toi bien. As-tu besoin d'un livre ou de quoi que ce soit d'autre ?

Mme Twitchell n'avait probablement pas de livres qui l'intéresseraient et lui n'avait pas assez l'occasion de lire pour avoir un tas de livres ou même une carte de bibliothèque.

— Non, ça ira. Je vais me reposer. Je ne devrais plus être fatigué, mais je le suis.

— Dors bien. Si tu changes d'avis, j'ai encore quelques livres qui appartenaient à mon fils. Je n'ai pas eu le cœur de me séparer des livres qu'il adorait. Tu peux y jeter un œil si tu en as envie.

— Peut-être une fois que j'aurai dormi, répondit Luke, ne voulant pas la blesser.

Elle mentionnait souvent son fils, mais c'était la première fois qu'elle proposait ses affaires personnelles à Luke, même si ce n'était que de façon temporaire. Il lui sembla important de considérer cette offre avec une importance particulière.

Il trouva son oreiller et sa couette sur le lit, comme l'avait promis Mme Twitchell, et le matelas était ferme sans pour autant être dur comme de la roche, contrairement à son lit d'hôpital. Ce n'était pas son propre lit, mais il était tout de même bien plus confortable que celui dans lequel il avait dormi ces deux derniers jours. Il se sentirait mieux après une bonne sieste. Il se recroquevilla sous la couette et sombra dans le sommeil.

Il resserra la sangle de la selle et grimpa sur son cheval. Sa monture agita la tête, impatiente. Luke tendit le bras et tapota son encolure.

— Oui, nous partons galoper. Mais d'abord, tu dois sauter par-dessus cette clôture.

Le cheval remua à nouveau la tête et partit au galop, survolant la clôture avec Luke sur le dos comme si leur poids combiné n'était qu'un détail sans importance. Ils galopèrent à travers les champs sans se soucier de quoi que ce soit. Luke était fasciné par la manière dont leurs corps fonctionnaient ensemble, le cheval et l'homme en parfaite harmonie alors qu'ils essayaient d'aller aussi vite que le vent et y arrivaient.

Il rit de bon cœur lorsque le cheval grimpa le long d'une pâture en pente et redescendit de l'autre côté. C'était ce que l'on ressentait lorsqu'on était libre. Un homme, un cheval et des champs à perte de vue sans aucun obstacle pour les arrêter.

La haie apparut de nulle part. Le cheval la percuta, mais Luke ne s'était pas préparé à l'impact et fit un vol plané. Il entendit les hennissements paniqués de sa monture avant même de toucher le sol, mais il ne pouvait rien faire. Il essaya de se recroqueviller pour ne pas se blesser en tombant, mais rien ne pourrait le protéger.

— Luke ? Le dîner est prêt.

La voix de Mme Twitchell le sortit de son rêve. Il se redressa, respirant avec difficulté. Il ne se souvenait pas de la dernière fois qu'il avait monté ainsi, mais il n'avait jamais franchi d'obstacles, encore moins une haie comme celles que l'on utilisait dans le steeple-chase et dont le niveau de difficulté était élevé. Il prit de profondes inspirations pour dissiper le malaise qu'il avait ressenti.

— J'arrive dans une minute. Je vais me laver les mains.

— As-tu assez de force pour venir manger à table ? Je peux t'apporter un bol de soupe dans ton lit si tu préfères.

Luke réfléchit un instant à l'idée de rester dans sa chambre, mais cela faisait deux jours qu'il était cloué dans un lit.

— Non, je préfère venir manger à table. Je suis fatigué de rester au lit.

— Te voilà, dit-elle lorsque Luke entra en boitillant dans la cuisine.

Son corps était toujours douloureux, mais pas autant qu'avant. Il s'assit sur la chaise avec précaution. En temps normal, il lui proposerait de l'aider, mais il n'avait pas assez d'énergie. Il devrait se racheter auprès de Mme Twitchell lorsqu'il irait mieux. Il n'était pas très bon cuisinier, mais il serait certainement capable de préparer un dîner qu'elle apprécierait.

— Comment te sens-tu ?

— Un peu mieux, je crois. En tout cas, je suis moins épuisé que lorsque je suis arrivé. Lorsque nous sommes rentrés de l'hôpital, je n'avais pas la force de faire autre chose que de marcher jusqu'à la chambre.

— Je suis contente que cette sieste t'ait fait du bien. J'ai préparé de la soupe de bœuf et d'orge pour le dîner. C'est exactement ce dont tu as besoin pour retrouver des forces et reprendre un peu de poids. Tu n'étais déjà pas gros avant de tomber malade. Je parie que tu as perdu dix kilos ces deux derniers jours.

Luke faillit lui dire de ne pas exagérer, mais il avait l'impression qu'une rafale réussirait à l'emporter. Il attrapa le bol avec un sourire reconnaissant.

— Je suis impatient de la goûter. Merci.

Il se pencha au-dessus du bol et laissa ces arômes riches envahir son nez. La sensation de la fumée était agréable sur sa peau et l'odeur du bouillon fit gargouiller son estomac. Il en but une gorgée et gémit lorsque la saveur explosa sur sa langue.

— Je n'ai jamais rien mangé d'aussi délicieux. Ça a tellement de goût !

— C'est grâce à la moelle de bœuf qui a servi à préparer le bouillon. Elle rend le bouillon plus consistant, ce dont tu as besoin. Même si tu ne peux pas avaler les morceaux de bœuf ou l'orge, le bouillon est assez riche en nutriments pour t'aider à aller mieux.

— Encore l'un des remèdes de votre grand-mère ? demanda-t-il en soulevant une deuxième cuillère jusqu'à sa bouche.

Il s'assura qu'il y ait des morceaux de viande et des légumes cette fois-ci, afin de pouvoir apprécier la recette de Mme Twitchell au mieux.

— Non, cette recette est celle de ma belle-mère. Elle était Italienne. Elle concoctait les meilleures soupes auxquelles j'ai goûté. Lorsque je reproduis ses recettes, elles sont loin d'être aussi délicieuses que lorsqu'elle les faisait.

— J'aurais aimé grandir dans ce type de famille, dit Luke avec mélancolie. Après la mort de mon père, il ne restait que ma mère et moi et elle travaillait tellement dur pour faire en sorte que l'on ait un toit au-dessus de nos têtes qu'elle ne passait pas beaucoup de temps à cuisiner. Elle préparait tout le temps ce qui était le moins cher et le plus rapide à cuisiner.

Il mangea tout son bol de soupe et accepta même d'en reprendre une deuxième fois, en plus petite quantité. Il le regretterait sûrement durant la nuit, mais il avait enfin retrouvé l'appétit après l'avoir perdu pendant plusieurs jours. Évidemment, la nourriture de l'hôpital n'avait pas été aussi alléchante que la soupe de Mme Twitchell.

Lorsqu'il termina son deuxième bol, il le poussa loin de lui et se laissa retomber contre le dossier de sa chaise, la fatigue reprenant le dessus.

— C'était délicieux, mais je suis de nouveau fatigué.

— Tu pourras retourner te coucher dès que tu auras pris tes médicaments.

La dernière chose que voulait Luke était de retourner au lit. Il n'avait rien fait d'autre que rester allongé dans un lit depuis des jours. Il n'avait pas l'énergie de faire grand-chose d'autre, mais le seul fait de changer un peu d'environnement serait suffisant.

— Si ça ne vous dérange pas, j'aimerais m'installer dans votre canapé pour regarder un peu la télévision. Je suis épuisé et courbaturé, mais je n'ai pas sommeil.

— Ça ne me dérange pas du tout, répondit Mme Twitchell. J'ai l'habitude de regarder les jeux télévisés après avoir dîné, mais nous pouvons regarder autre chose si tu veux.

Vu la lenteur à laquelle fonctionnait son cerveau, *La Roue de la Fortune* et *Jeopardy* étaient exactement ce dont il avait besoin.

— Vous n'avez pas besoin de changer votre routine pour moi. Je vais simplement m'asseoir avec vous jusqu'à ce que j'aie sommeil, puis j'irai me coucher.

Mme Twitchell débarrassa la table et mit le reste de la soupe au réfrigérateur. Luke avait déjà l'intention d'en manger un bol le lendemain midi. Il se rendit dans le séjour et s'écroula dans le grand fauteuil.

— Très bien, dit Mme Twitchell lorsqu'elle le rejoignit un instant plus tard. J'allais te dire de t'installer sur ce fauteuil. Tu devrais relever le repose-pied. Comme ça, si tu t'endors, tu pourras rester ici.

Elle couvrit ses genoux d'une couverture et lui tapota la main.

— C'est le début de la semaine spéciale professeurs dans *Jeopardy*. Tu devrais voir comme ils répondent vite aux questions.

Las, Luke hocha la tête. Il n'avait pas vraiment de réponse à lui donner et elle ne semblait pas en attendre une. La télévision s'alluma et Mme Twitchell s'installa pour la regarder. Elle parlait aux joueurs, aux présentateurs, donnait des réponses lorsqu'elle les connaissait et s'enthousiasmait devant l'intelligence des participants lorsqu'ils répondaient à des questions auxquelles elle n'avait pas la réponse. Ce flux constant de paroles le détendit, le faisant passer dans un état d'inconscience sans pour autant être endormi. Il l'entendit se lever et ouvrit les yeux – quand les avait-il fermés ? – pour s'assurer que tout allait bien.

— Repose-toi. Je vais préparer du thé. Tu aimerais que je t'en verse une tasse ? La menthe t'aidera à avoir les idées plus claires avant d'aller au lit.

— Merci, essaya de dire Luke.

Le son qui était sorti de sa bouche était très rauque. Il s'éclaircit la voix et réessaya.

— Merci. J'en veux bien.

Mme Twitchell lui sourit et disparut dans la cuisine. Elle revint quelques minutes plus tard avec une tasse de thé chaud et parfumé. Luke la tint avec précaution et inspira la fumée qui s'en dégageait. Comme prévu, la menthe apaisa son mal de tête. Il en prit une petite gorgée pour ne pas se brûler la langue et soupira de soulagement lorsque le liquide chaud coula telle une caresse le long de sa gorge. Il détestait être malade.

Il but jusqu'à ce que sa tasse soit vide et se rallongea dans le fauteuil. Il savait qu'il vaudrait mieux qu'il se lève pour aller dans son lit afin de ne pas s'endormir ici, mais il avait trouvé une position très confortable dans laquelle son corps n'était plus douloureux et le son de la télévision était un bruit de fond relaxant. Il se demanda comment se débrouillait King sans lui. Évidemment, Clay et Joe s'assureraient qu'il soit bien soigné, mais ce n'était pas la même chose. Il aurait aimé que Clay vienne le voir à l'hôpital, mais c'était un homme occupé. Il ne fallait pas qu'il oublie de prévenir Clay qu'il avait quitté l'hôpital. Si sa mémoire ne lui faisait pas défaut, Mme Twitchell avait son numéro de téléphone. Il l'appellerait le lendemain. Il se repositionna légèrement et se laissa emporter par le sommeil.

Chapitre quatorze

— **ES-TU** sûr d'être prêt à reprendre le travail ? demanda Mme Twitchell alors qu'elle se dirigeait vers Bywater Farm.

Elle avait catégoriquement refusé de le laisser partir à la ferme en scooter alors qu'il faisait toujours aussi froid dehors et qu'il venait de se remettre de la grippe.

— Je dois retourner travailler. J'apprécie tout ce que vous avez fait pour moi, je vous remercie d'avoir pris soin de moi cette dernière semaine, mais je n'en peux plus de rester enfermé. Je n'ai plus passé une journée entière à l'intérieur d'une maison depuis que j'ai terminé le lycée et même à cette époque, je travaillais dans des écuries après les cours pour aider financièrement ma mère. Je ne suis pas fait pour rester chez moi à ne rien faire.

— Tu n'étais pas en train de ne rien faire. Tu étais en train de te rétablir. Ce sont deux choses totalement différentes.

Luke rougit en entendant son doux reproche, mais il n'était pas d'accord. Peu importe ce qu'elle disait, il avait l'impression d'avoir passé ses journées assis à ne rien faire.

— Oui, madame.

— Je ne crois pas à ton rôle de gentil jeune homme.

Comme cela était dit avec le sourire, Luke espéra ne pas l'avoir vexée.

— Tu es un vrai rebelle dans l'âme. Tu as appris à le cacher. Ton M. Hunter ne sait pas ce qui l'attend.

Si seulement Clay était *son* M. Hunter, mais ce n'était qu'un fantasme. Luke lui avait laissé un message vocal pour prendre des nouvelles de King. En réponse, il n'avait reçu qu'un message écrit très bref lui assurant que King allait bien. Clay n'était clairement pas intéressé par lui.

— Si vous le dites, répondit-il.

Ils arrivèrent à l'entrée principale de Bywater Farm, alors Luke se concentra pour indiquer la direction à prendre jusqu'à l'écurie, à travers les différents chemins.

— Je suis passée près d'ici une multitude de fois, mais je pense que je ne suis jamais entrée sur l'exploitation, dit Mme Twitchell en se garant près de l'écurie. C'est un endroit magnifique.

— Je peux demander à Joe si ça ne le dérangerait pas que je vous fasse visiter.

— Oh, non, je ne voudrais pas t'empêcher de travailler. Je vais me contenter d'admirer depuis ma voiture. Appelle-moi dès que tu es prêt à rentrer à la maison, même si c'est dans une heure ou deux. Je pense toujours qu'il est trop tôt pour que, tu reprennes le travail.

— Tout se passera bien, la rassura Luke. Je vous appelle dès que je suis prêt à rentrer. Passez une bonne journée.

Il descendit de la voiture et lui fit au revoir alors qu'elle reprenait le chemin par lequel ils étaient arrivés. Il prit une profonde inspiration pour calmer ses nerfs et entra dans l'écurie. King avait déjà la tête hors de sa stalle, attendant son arrivée.

— Salut, mon grand. Tu m'as manqué.

King poussa légèrement le torse de Luke avec sa tête. La gorge serrée, Luke rit et caressa le chanfrein de l'étalon.

— Fais attention, prévint-il King. Je ne suis pas encore prêt à recevoir le traitement complet de l'étalon, d'accord ? Je suis encore un peu souffrant. Si tu me fais tousser, ils vont me renvoyer chez moi.

— Bonjour, Luke, le salua Joe en arrivant par la passerelle. Tu as meilleure mine que la dernière fois que je t'ai vu.

— J'espère bien. La dernière que tu m'as vu, j'hallucinais à cause de la fièvre.

Joe rigola.

— En effet, tu n'étais pas au meilleur de ta forme. Mais ne t'inquiète pas, personne ne t'en veut pour ce que tu as pu dire ou faire. Tu étais clairement malade.

L'estomac de Luke se noua.

— Qu'est-ce que j'ai dit ?

— Oh, rien de particulier. Je parlais de manière générale, répondit rapidement Joe.

Trop rapidement. Luke ne savait pas ce que Joe lui cachait, mais il n'aimait pas cela.

— Dois-je faire quelque chose en particulier, aujourd'hui ? demanda-t-il pour changer de sujet, car il n'arriverait nulle part en insistant pour obtenir des réponses que Joe ne voulait pas lui donner.

— Rien de nouveau. Clay a mentionné vouloir familiariser de nouveau King avec la selle, mais nous allons attendre qu'il revienne pour nous donner un coup de main au cas où nous aurions besoin de lui. Tu as bien vu comment ça s'est passé la première fois que nous avons voulu lui mettre la bride sans que Clay soit là.

— Il n'est pas là aujourd'hui ?

— Non, il sera absent toute cette semaine. Mais nous pouvons commencer par réhabituer King à ce que ce soit toi qui tiennes la longe. Sais-tu comment monter ?

Luke dissimula sa déception en apprenant l'absence de Clay. Il se persuada que cela n'avait rien de personnel, mais cela ne rendait pas la situation plus facile à accepter.

— Tout dépend de ce que tu entends par « monter ». J'ai commencé à travailler en tant que garçon d'écurie pour payer mes cours d'équitation parce que je n'avais pas les moyens de les payer autrement, mais lorsque ma mère est tombée malade, nous avons utilisé l'argent que je gagnais pour nos dépenses quotidiennes, alors j'ai arrêté de suivre les cours.

— Et toi, qu'entends-tu par « monter » ?

— Je peux aller au pas, au trot et au petit galop. J'ai fait un peu de galop, mais j'ai toujours eu l'impression qu'un désastre était sur le point de se produire à cette vitesse.

— As-tu déjà fait du saut d'obstacles ?

Luke fit non de la tête.

— C'était ce que j'étais censé apprendre ensuite, mais Maman est tombée malade. J'ai passé des barres au sol sur le dos d'un cheval pour apprendre à bien me positionner, mais ce n'est pas vraiment la même chose. Pourquoi ?

— Clay a eu une idée insensée, mais ne nous inquiétons pas de ça aujourd'hui. Tu dois récupérer des forces avant que nous te fassions monter sur le dos d'un cheval, encore plus s'il s'agit de King. Aujourd'hui, nous allons simplement le longer et voir comment vous vous en sortez. Le reste peut attendre jusqu'à ce que Clay revienne et que tu sois totalement rétabli.

— Tu ne peux pas me faire ça, protesta Luke. Tu ne peux pas m'appâter avec des idées lancées en l'air et ne pas me donner de détails.

Joe soupira.

— Non, tu as raison. Ce ne serait pas sympa de ma part. King est trop jeune pour être mis en pâture et servir d'étalon pour le restant de ses jours. Il a encore bien trop d'énergie pour ça. Si Nick n'avait pas eu un accident, ils seraient imbattables aujourd'hui. Ils étaient sur le point de devenir des champions lorsqu'il est décédé.

— Je comprends, mais en quoi ça me concerne ? Je ne suis pas jockey professionnel. Je suis loin d'être aussi talentueux.

— Peut-être, que tu l'es, peut-être, que tu ne l'es pas, mais en dehors de Clay, tu es la seule personne en qui cet étalon a assez confiance pour que nous envisagions la possibilité que tu le montes. Et Clay ne peut pas le faire.

— Pourquoi ?

Joe sourit tristement.

— Clay n'est pas remonté en selle depuis le décès de Nick. Sa disparition a brisé quelque chose en lui, au point que je ne suis pas sûr qu'il s'en remette un jour. Lui demander de monter King dans une course serait cruel pour eux deux.

— Mais je ne suis pas assez bon cavalier pour rendre à King son esprit de compétition.

— Non, cependant c'est mon travail de faire en sorte que tu le deviennes. Lorsque tu seras rétabli, nous te ferons monter sur un cheval pour voir comment tu t'en sors, puis nous verrons ce que je peux t'apprendre. Si ça ne fonctionne pas, Clay aura au moins la satisfaction d'avoir tenté le coup. Et si ça fonctionne, King aura la possibilité de commencer une nouvelle vie.

Il regarda King, qui attendait patiemment dans sa stalle que Luke vienne le faire sortir, le nourrir ou n'importe quoi d'autre.

— D'accord, je veux bien essayer. Mais si ça ne fonctionne pas, ne viens pas me dire que je ne t'avais pas prévenu. Je déteste l'idée de donner de faux espoirs à Clay.

— C'est la raison pour laquelle nous allons voir ce que nous pouvons faire avant son retour. J'entraîne des chevaux et des jockeys depuis longtemps. Après une ou deux leçons, je saurais si tu as les compétences nécessaires pour monter King. Ensuite, tout dépendra de sa volonté de coopérer. Tu devrais aller le nourrir, le mettre au paddock et prendre une pause. Tu ne dois pas faire trop d'efforts, tu viens juste de revenir.

Luke remplit la mangeoire et l'abreuvoir de King avant de vérifier que toutes les affaires de l'étalon étaient bien à leur place. Lorsqu'il revint dans la stalle de King avec la couverture, ce dernier avait terminé sa nourriture.

— Prêt à sortir ?

King hennit joyeusement, ce qui le fit sourire. Le simple fait d'être à l'écurie avec cet étalon le rendait heureux.

Il lui mit sa couverture et le longea avant de sortir de la stalle. Dès qu'ils entrèrent dans le paddock, il détacha la longe, mais King ne partit pas gambader à travers champ comme il le faisait d'habitude. Au lieu de cela, il resta près de Luke.

— Tout va bien, mon grand. Je ne vais nulle part. Je vais rester ici et te regarder jusqu'à ce que tu sois prêt à rentrer. Je porte mon gros manteau et le soleil brille. Je ne vais pas attraper froid.

King poussa le bras de Luke avec son nez, alors celui-ci jeta les bras autour de son encolure et l'étreignit brièvement.

— Pars, défoule-toi. Plus tard, ce sera l'heure de la longe et tu ne pourras plus jouer.

King finit par l'écouter et traversa le paddock à toute vitesse. Lorsqu'il arriva à l'autre bout du terrain, il fit demi-tour et galopa jusqu'à Luke.

King vint se placer juste devant lui et agita la tête de haut en bas. Luke pouvait pratiquement l'entendre dire qu'ils avaient passé assez de temps dehors et qu'ils devraient rentrer. Il secoua la tête en ayant ces idées fantasques, mais il ramena quand même King à l'intérieur et décida de le brosser. Le temps ne s'était pas encore assez réchauffé afin que King commence à perdre sa robe d'hiver, mais Luke avait l'impression que l'étrille récupérait davantage de poils que d'habitude. Il se demanda si quelqu'un avait brossé King pendant qu'il avait été en arrêt maladie. L'étalon n'était pas sale, mais cela n'empêchait pas que Luke n'aurait pas dû retrouver autant de poils dans son étrille.

Il le brossa comme il avait l'habitude de le faire, rendant King aussi propre que possible. Il dut s'arrêter plusieurs fois pour reposer ses bras, car il n'avait pas encore retrouvé toutes ses forces, mais il s'assura de parler à King chaque fois qu'il faisait une pause afin que le cheval ne panique pas comme il l'avait fait lorsque Luke s'était évanoui dans sa stalle.

Lorsqu'il eut terminé de nettoyer King, il jeta un œil par la porte pour s'assurer que personne ne traînait dans les parages. Comme il ne vit personne, il se rapprocha de l'étalon.

— Nous allons faire une petite expérience, dit-il doucement. Tu me fais confiance ?

King le regarda placidement. Luke se plaça près du flanc gauche de King et laissa retomber ses bras sur son dos. Le pur-sang était trop grand pour que Luke puisse peser de tout son poids sur lui, mais c'était un début. King tourna la tête vers lui pour regarder ce qu'il était en train de faire, mais comme Luke ne bougea pas, il prit une autre bouchée de foin et la mangea avec grande satisfaction.

— Ne panique pas, répéta plusieurs fois Luke dans un murmure en sautillant sur place.

Puis il sauta et posa son torse sur le dos de King pendant quelques secondes avant de remettre les pieds sur le sol. King tourna de nouveau la tête pour le regarder, mais il ne montra aucun signe de protestation.

— Bien, dit-il en caressant la crinière de l'étalon. Tu ne sembles pas gêné par le fait que je monte sur ton dos, alors je vais assimiler tout ce que Joe peut m'enseigner et nous allons relever ce défi pour Clay. D'accord, King ? Pour Clay.

King hennit doucement et remua la tête de haut en bas.

Pour Clay.

Chapitre quinze

TROIS jours plus tard, Joe demanda à Luke :

— Quand es-tu monté à cheval pour la dernière fois ?

La séance d'entraînement de King à la longe était terminée, mais Joe avait demandé à Luke de revenir dans le manège dès qu'il aurait fini de l'installer dans sa stalle. Une jument alezane que Luke ne connaissait pas se tenait collée au mur.

— C'était il y a six ans, peut-être sept. Je ne pense pas avoir oublié comment monter, mais je n'ai clairement plus la même forme physique.

— Voyons comment tu te débrouilles. Katie n'attend plus que toi.

— Katie ? C'est vraiment son nom ?

— Son nom officiel est Kaitlyn's Queen, mais tout le monde l'appelle Katie. Elle n'a pas vraiment l'attitude d'une reine.

— Elle est magnifique.

Il s'approcha d'elle pour la saluer. Elle secoua la tête, mais ses oreilles étaient pointées en avant, signe de sa curiosité. Il caressa son toupet, puis son encolure.

— Bonjour, jolie Katie. Tu vas être gentille avec moi ?

Elle s'ébroua. Il rit et détacha la longe pour pouvoir l'emmener dans le manège. Il effectua les vérifications nécessaires : s'assurer que le cheval porte une bride et qu'elle soit bien ajustée, que la selle soit posée en avant et que la sangle soit bien tendue, puis vérifier que la longueur des étriers correspond à la longueur de son bras. Lorsqu'il fut certain que tout était en ordre, il prit une profonde inspiration et se hissa sur son dos.

Oh, mon Dieu, cette sensation lui avait manqué. Rien n'était comparable à l'adrénaline que l'on ressentait lorsqu'on montait un cheval, avec le reste du monde à ses pieds.

— Déplace-toi un peu, dit Joe. Fais un petit échauffement et voyons comment se porte ta mémoire procédurale. Katie possède une bouche sensible alors, utilise au maximum tes jambes et ton poids pour la guider.

— Tu n'aurais pas pu me faire monter un cheval de trait avec des gencives en acier ?

Cela fit rire Joe.

— Non, parce que tu n'aurais rien appris en montant un tel cheval. Plus important encore, King n'est pas un cheval de trait. Sa bouche est presque aussi sensible que celle de Katie.

Luke essaya de se rappeler tout ce qu'il avait appris concernant l'usage de son corps au lieu de celui de ses mains pour maîtriser un cheval. Il fallait se pencher en arrière pour ralentir, presser sa jambe contre un flanc pour inciter les jambes arrière du cheval à s'en écarter – la jambe gauche pour tourner à gauche, la jambe droite pour tourner à droite, ce qui était à l'opposé de ce que l'on ferait intuitivement.

Gardant ses mains aussi immobiles que possible, il guida Katie près de la clôture, puis il commença à lui faire faire un tour du manège.

— Très bien, dit Joe. Peux-tu le faire au trot ?

Luke prit une profonde inspiration, se concentra et serra le flanc de Katie pour lui faire changer d'allure. Heureusement que la jument avait une bonne cadence au trot parce qu'il fallut un moment à Luke pour retrouver le rythme du trot enlevé. Trotter était déjà assez éprouvant lorsque les mouvements du cheval étaient fluides, alors si la jument avait trotté de manière saccadée, cela aurait été très douloureux.

Après quelques instants, son corps retrouva ses réflexes et Luke trouva son rythme de trot enlevé. Il vérifia instinctivement s'il trottait sur le bon diagonal et dut se corriger, mais on ne pouvait pas lui reprocher de s'être trompé alors qu'il ne montait plus depuis des années.

— Tu n'as pas oublié comment monter, dit Joe. Fais une diagonale et un changement de direction. Fais attention à sa bouche.

Luke essaya de suivre les instructions de Joe, mais Katie n'avait pas envie de changer de trajectoire. Luke fit de son mieux pour ne se servir que de sa jambe pour la guider, mais il dut se résoudre à utiliser les rênes pour la faire tourner dans la direction souhaitée. Il fit en sorte de ne donner qu'un léger coup sur les rênes, mais elle agita quand même la tête en signe de protestation lorsqu'elle s'engagea dans la diagonale.

Il réussit à lui faire prendre la bonne direction lorsqu'ils approchèrent de la clôture. Il changea de diagonale au trot et attendit que Joe lui donne des conseils pour s'améliorer.

— Fais-la passer au pas.

Luke bloqua son bassin, laissant le mouvement de ses hanches absorber le rebond jusqu'à ce que la jument comprenne son signal et ralentisse pour se mettre au pas.

— Bien. Maintenant, rejoins-moi.

— Je suis un cas désespéré, n'est-ce pas ? demanda Luke lorsqu'il s'arrêta près de Joe, toujours sur le dos de Katie.

— Pas du tout. Tu as appris à monter en utilisant les rênes pour guider ton cheval et certainement aussi pour rester dans une position stable sur ta monture. Il n'y a rien de mal à ça ; beaucoup de cavaliers font la même chose. Par contre, les cavaliers qui élèvent cette discipline au rang d'art montent d'une manière différente. Nous allons simplement devoir peaufiner les compétences que tu as déjà acquises.

— Comment allons-nous faire ça ?

— C'est simple. Nous allons te retirer les rênes.

Joe prit les fines cordes en cuir des mains de Luke et les noua. Lorsqu'il eut terminé, elles se trouvaient assez haut sur l'encolure de Katie afin que Luke ne puisse pas les atteindre sans être obligé de se pencher en avant.

— Que suis-je censé faire de mes mains ?

— Lève-les devant toi comme si tu tenais encore les rênes. Il faut que tu gardes la position que tu as toujours eue en montant. Tu dois simplement trouver une manière différente de guider Katie.

— Ça va mal se terminer.

— C'est peut-être vrai pour aujourd'hui, mais tu finiras par y arriver. J'ai observé des tonnes de cavaliers durant ma vie et je sais reconnaître le potentiel quand je le vois. Une fois que j'en aurai terminé avec toi, tu n'auras aucun mal à monter King.

QUAND Joe en eut terminé avec lui, Luke pouvait à peine marcher. Ses genoux faillirent céder sous son poids lorsqu'il mit pied à terre à la fin de la séance d'entraînement. En parcourant le chemin jusqu'à la stalle de King, il eut l'impression que ses jambes étaient devenues des spaghettis. Heureusement, King était encore trop heureux qu'il soit de retour à la ferme pour lui en vouloir, alors ils effectuèrent tranquillement leur routine du soir. Luke se sentait toujours coupable de laisser Mme Twitchell l'amener au travail et le récupérer le soir, mais à la suite d'une journée telle que celle-ci, il n'aurait certainement pas pu rentrer en scooter vu l'état dans lequel il se trouvait.

— Si tu as accès à un jacuzzi, tu devrais y passer du temps ce soir, lui conseilla Joe lorsque Luke entra dans la sellerie pour récupérer ses affaires dans son casier. Sinon, tu peux prendre un bain chaud. La pression des jets est très bénéfique, mais le simple fait de te plonger dans de l'eau chaude te fera aussi du bien.

Luke laissa échapper un rire bref.

— Oui, évidemment, un jacuzzi… Je vis dans un studio au-dessus d'un garage et ma douche est minuscule. Je vais me contenter de prendre de l'Advil et je vivrai avec la douleur jusqu'à ce que je me réhabitue à monter à cheval.

— Si Clay était à la ferme, je te proposerais d'utiliser le jacuzzi qui se trouve chez lui, mais je ne peux pas le faire sans en avoir discuté avec lui au préalable.

Luke n'accepterait pas cette proposition même si c'était Clay qui la lui faisait. Se retrouver en stalle, tout mouillé, dans un endroit où Clay pourrait sortir et tomber sur lui… Jamais. Cela ne se produirait pas.

— Je comprends, dit Luke. Ne t'inquiète pas, je ne suis pas en sucre.

Il boitilla jusqu'à la voiture et monta dans le véhicule en ignorant du mieux possible la fatigue dans ses muscles.

— Qu'est-ce qui ne va pas ? demanda Mme Twitchell. Es-tu de nouveau malade ?

— Non. Joe a décidé qu'il était temps de voir si je savais monter à cheval. Je ne monte pas assez bien. Nous avons passé des heures à faire en sorte que je m'améliore. Si j'en crois la douleur, aucun des muscles que j'ai utilisés aujourd'hui ne me sert dans la vie quotidienne.

— N'en fais pas trop, le gronda Mme Twitchell. Tu récupères encore de la grippe. Tu vas finir par retomber malade si tu ne fais pas attention.

— C'était juste fatigant pour mes jambes. Je n'ai pas toussé une seule fois lorsque j'étais en selle et vous savez que je tousse une fois sur deux lorsque je monte les escaliers. Ce sera un exercice cardiovasculaire lorsque je passerai au trot ou au galop, mais nous n'en sommes pas encore là.

— Pourquoi ? demanda-t-elle alors qu'ils quittaient la ferme et se dirigeaient vers la maison. Ce n'était pas la première fois que tu montais à cheval.

— Non, mais Joe veut que j'apprenne à monter d'une manière différente. La jument que j'ai montée aujourd'hui est très spéciale. Elle est très bien dressée. Je dois juste apprendre à lui dire ce que j'attends d'elle dans un langage qu'elle comprend. C'est plus facile à faire au pas. Une fois que j'aurais appris à le faire au pas, nous nous entraînerons à le faire à une allure plus rapide.

— Je suppose que c'est logique. Ça te dirait de manger des pizzas ce soir ? Je n'ai pas envie de faire la cuisine aujourd'hui.

— Seulement si vous me laissez payer. Sinon, vous allez devoir manger un dîner préparé par mes soins.

Cela fit rire Mme Twitchell.

— Bon, d'accord, mais seulement cette fois.

LUKE resta debout au pied de l'escalier qui menait à son studio et grogna. Il avait senti qu'il était à bout de forces à l'écurie, mais après avoir passé du temps assis dans la voiture et à table pour dîner, ses muscles s'étaient contractés et il avait des courbatures. L'idée de monter les douze marches qui menaient à son studio était insupportable. Il allait s'asseoir à cet endroit et monter les marches le lendemain matin pour récupérer des vêtements propres. Il pourrait dormir en s'appuyant contre le mur.

— Que fais-tu ici ? demanda Mme Twitchell depuis la porte de la buanderie. Je venais pour éteindre les lumières, mais je ne vais pas le faire si tu es descendu pour chercher quelque chose.

— Non, j'essaye de trouver un moyen de monter cet escalier. Je n'avais pas réalisé que j'avais perdu toute la force musculaire de mes jambes, admit-il. L'idée de monter ces escaliers est suffisante pour me donner envie de m'asseoir ici et de ne plus jamais bouger.

— Vois-le autrement. Si tu montes dans ton studio et que tu passes une bonne nuit, tu te sentiras mieux. Si tu restes en bas, tu te sentiras encore plus mal demain. Crois-moi, il vaut mieux que tu fasses cet effort. Tu pourras prendre une douche et laisser l'eau chaude te détendre jusqu'à ce qu'il n'y en ait plus. Je ne fais pas de lessive ce soir et nous n'avons pas utilisé de couverts, donc je n'aurais pas besoin d'eau chaude avant demain matin.

Luke gémit, mais elle avait raison. Aussi tentante que fût l'idée de s'effondrer au sol et de ne plus jamais bouger, il regretterait sa décision le lendemain matin. Il posa un pied sur la première marche et se hissa vers le haut à l'aide de la rampe. Au moins, il n'avait pas mal aux bras – c'était peut-être le seul endroit de son corps qui n'était pas douloureux.

Son ascension jusqu'en haut fut atroce, mais il arriva enfin dans son studio et ferma la porte derrière lui. Il se déshabilla et traîna des pieds jusqu'à la salle de bain, puis il attendit avec impatience que l'eau se réchauffe avant de se placer sous le pommeau de douche. Ce n'était pas un bain chaud, encore moins un jacuzzi, mais l'eau chaude détendit ses muscles douloureux. Il se lava les cheveux et le corps, puis il s'appuya contre la paroi pour laisser la chaleur le pénétrer.

Quand l'eau commença à refroidir, il arrêta de la faire couler et s'essuya. Alors qu'il se préparait à aller au lit, il se souvint du coussin chauffant que sa mère avait utilisé vers la fin de sa vie, lorsqu'elle n'arrivait plus à se réchauffer. Il s'était débarrassé de ses vêtements, étant donné qu'il ne pourrait jamais les porter, mais il avait conservé la plupart de ses affaires. S'il retrouvait ce coussin, il pourrait dormir avec et voir si cela apaisait aussi les douleurs musculaires.

Il fouilla dans trois cartons avant de le trouver en ouvrant le quatrième. Il laissa échapper un soupir de soulagement, le brancha et se glissa sous la couette. Alors qu'il essayait de trouver une position confortable, il se demanda où était Clay et pour quelle raison il était parti durant une semaine. En y réfléchissant, il se rendit compte que quelques semaines plus tôt, il n'aurait pas remarqué l'absence de Clay. Durant ses six premiers mois à Bywater Farm, il ne l'avait vu que trois ou quatre fois, mais depuis que Luke avait commencé à travailler avec King, Clay était beaucoup plus présent. Avec un peu de chance, cela signifiait que Clay reprenait goût à la vie dans l'écurie au lieu de penser à cet endroit comme à une simple promesse à tenir auprès de son défunt partenaire. Plus Luke en apprenait sur la relation entre Nick et Clay, plus il admirait les deux hommes et la profondeur des sentiments qu'ils avaient partagés. Cela n'était pas de bon augure pour une possible relation future avec son patron, mais ce n'était pas grave. Il avait obtenu le respect de Clay et c'était le plus important.

Chapitre seize

QUELQUES jours plus tard, Luke finissait de préparer King pour le longer lorsqu'il entendit la voix qu'il n'admettrait pas avoir été impatient d'entendre. Joe avait dit que Clay serait absent toute la semaine, mais il n'avait pas donné la date précise de son retour. Luke aurait pu la lui demander, mais Joe aurait été curieux de savoir pourquoi il voulait la connaître et il n'avait pas de bonne raison à lui donner.

— Tu entends, King ? On dirait que Clay est de retour. Devrions-nous aller le saluer ?

King s'ébroua et agita la tête de haut en bas. Luke espérait que c'était une réponse affirmative, mais même si ce n'était pas le cas, il allait utiliser cette excuse pour aller le voir. Il ouvrit la porte de la stalle et fit traverser la passerelle à King pour rejoindre Clay et Joe, qui étaient debout en train de discuter.

— Bonjour, Clay, le salua Luke. Je suis content de te revoir. King a entendu ta voix et il a commencé à s'agiter, alors je n'ai pas attendu que Joe nous appelle.

Clay approcha d'eux et gratta les oreilles de l'étalon, mais le sourire sur son visage était adressé à Luke.

— Joe me dit que tu as commencé les cours d'équitation et que tu t'en sors très bien.

Luke rougit en entendant ce compliment, mais aussi parce que Clay était près de lui.

— Je n'en suis pas si sûr. Chaque fois qu'il en termine avec moi, j'ai l'impression de ne plus pouvoir marcher. Mes jambes me font toujours mal.

— Tu aurais dû utiliser le jacuzzi à la maison. Joe, tu ne lui as pas dit que nous avions un jacuzzi ?

— Je ne voulais pas proposer à une personne d'entrer dans ta maison alors que tu n'étais pas là pour m'en donner l'autorisation, répondit sagement Joe.

— Oh, je n'y crois pas… Une fois que tu auras terminé ta journée, viens à la maison. Je te montrerai où chaque chose se trouve et comment fonctionne le jacuzzi. Tu peux l'utiliser quand tu le souhaites… même quand je ne suis pas à la maison, insista-t-il en fusillant Joe du regard.

— Je ne veux pas m'imposer. Tu as le droit à ton intimité et tu devrais pouvoir t'éloigner des employés, des chevaux, des discussions autour des chevaux…

— Luke, arrête, l'interrompit gentiment Clay. Ne discute pas. Si je t'invite à le faire, c'est parce que ça ne me dérange pas. Maintenant, voyons si King est de bonne humeur. S'il se sent bien, je pense que tu devrais essayer de lui mettre une selle.

— Ça ne s'est pas très bien passé quand j'ai essayé de lui mettre la bride, lui rappela Luke en avançant vers le manège.

— Mais maintenant, King te laisse faire. Ça veut dire qu'il te fait confiance. S'il ne te laisse pas mettre la selle, j'essaierai, mais je veux d'abord que tu fasses un essai. Je veux que son lien principal se fasse avec toi.

Toutes les terminaisons nerveuses de Luke s'éveillèrent à ces mots. Si cela avait été n'importe quel autre cheval, il aurait sauté sur l'occasion, mais il ne pouvait pas lui prendre King.

— Non, je ne peux pas faire ça. King est ton cheval et devrait le rester.

Clay secoua la tête.

— C'était le cheval de Nick. Bien sûr, j'ai contribué à l'éducation et au dressage de King, ce qui est la raison pour laquelle il a reporté sa loyauté sur moi suite à l'accident de Nick, mais ce n'est pas la même chose. C'est la raison pour laquelle je t'ai demandé de prendre soin de lui ce dernier mois. C'est la raison pour laquelle tu es celui qui tient cette longe, même si c'est Joe qui dirige la séance d'entraînement. Ce que j'ai fait avec la bride ? C'est vers cela que tu te diriges avec lui. Et je suis prêt à parier que vous avez déjà franchi cette étape.

Luke se rappela le jour où il avait essayé de peser de tout son poids sur le dos de King et la manière dont l'étalon l'avait accepté sans broncher. Il n'essaierait jamais de prendre la place de Clay dans le cœur de King, mais il pouvait en occuper une petite partie.

— Je vais essayer de le seller. Mais, même s'il me laisse faire, ça ne voudra pas dire qu'il me préfère à toi. Ça voudra seulement dire qu'il me tolère.

— Bien, dit Clay en souriant. Il faut qu'il te fasse confiance si tu as l'intention de le monter. Joe t'en a parlé, n'est-ce pas ?

Luke accrocha la longe à la bride et commença l'échauffement de King.

— Oui, il me l'a dit. Je ne sais pas si je peux le faire, mais je suis prêt à essayer. Enfin, si King est d'accord.

— Il sera d'accord, répliqua Clay avec une conviction totale. Je vais aller chercher sa selle pendant que tu lui fais faire son échauffement.

Luke réalisa la série d'exercices habituels de King tout en ayant son cœur qui battait la chamade. Il ne pouvait pas être efficace s'il était nerveux ; King le sentirait et ce serait un désastre. Il ne pensait même pas pouvoir y arriver en étant détendu, mais Clay croyait en lui et rien que pour cela, il ferait de son mieux. Si Clay avait tort et qu'en donnant le meilleur de lui-même il échouait, Luke s'en remettrait. Mais s'il ne donnait pas le meilleur de lui-même, il se souviendrait toute sa vie de la déception qu'il était sûr de voir dans le regard de Clay.

Il venait de terminer l'échauffement de King lorsque Clay revint avec une selle et un tapis. Il les posa dans un coin du manège et rejoignit Luke.

— J'ai apporté la selle standard, pas celle de course ; ça te donnera plus de stabilité lorsque tu le monteras pour la première fois. Nous pourrons passer à la selle de course lorsque tu seras prêt à t'entraîner pour les obstacles de steeple-chase.

La conviction dans la voix de Clay balaya tous les doutes de Luke. Il ne pouvait pas le décevoir. Une semaine plus tôt, King et lui avaient fait le pacte de relever ce défi pour Clay. Il était temps de tenir parole.

— Espérons qu'il soit d'accord.

Luke donna la longe à Clay et alla chercher la selle et le tapis. Il les apporta devant le visage de King et laissa l'étalon les regarder et les sentir. King finit par lui donner un léger coup de tête.

— Bien. C'est parti, dit-il assez doucement afin que seul King puisse l'entendre. Nous faisons ça pour Clay, tu te rappelles ? Tu vas être mignon et me laisser installer cet équipement sur toi.

King s'ébroua, mais il ne coucha pas les oreilles et ne laissa apparaître aucun signe d'agitation, alors Luke prit cela comme un acquiescement. Il se plaça près du flanc de King et posa le tapis sur son dos, s'assurant que les poils ne se coincent pas dans le tissu. Il ne fut pas vraiment surpris que King reste stoïque. Cela faisait un mois que Luke lui mettait une couverture sur le dos chaque fois qu'il le sortait. Le tapis était plus petit et n'avait pas de sangles pour tenir en place, mais ce n'était qu'une autre sorte de couverture. Luke posa délicatement la selle sur le dos de King en faisant attention à ce qu'elle ne lui tombe pas brusquement dessus. L'étalon remua, mais pas assez afin de déloger la selle.

La partie difficile allait commencer. Il devait serrer la sangle. Même les chevaux les plus dociles posaient parfois problème lors de cette étape et King n'était ni particulièrement docile, ni habitué à cette sensation puisqu'il n'avait plus été monté depuis des mois. Gardant un œil sur la tête de l'étalon – il n'avait pas envie de perdre un morceau de ses fesses en se faisant mordre –, il tendit le bras par-dessous son ventre et attrapa la sangle. Ses anciens moniteurs d'équitation lui avaient toujours dit de serrer la sangle rapidement et avec fluidité pour minimiser les chances que le cheval gonfle le ventre et empêche de sangler correctement. Il avait donné plus d'un coup de genou dans le flanc des chevaux pour les encourager à laisser échapper le souffle qu'ils retenaient. Il avait aussi vu plus d'un cavalier chuter après avoir oublié de vérifier que le cheval était bien sanglé.

Il ne pouvait pas faire subir cela à King. Il serra la sangle jusqu'au premier cran et jaugea la réaction de l'étalon. La sangle n'était pas serrée, mais elle était assez proche de son ventre pour qu'il la sente. King s'ébroua et souffla, sûrement pour prendre la profonde inspiration qui empêcherait Luke de serrer la sangle correctement. Ce n'était pas grave. Luke n'avait pas l'intention de le monter dès ce matin. Il tapota l'encolure de King et resserra la sangle d'un cran. King se déroba. Luke le laissa s'éloigner, puis il alla se placer devant lui afin que l'étalon puisse le voir.

Il pouvait sentir le regard de Clay dans son dos, mais il ne se retournerait pas pour voir ce qu'il pensait de la situation. Il devait rester focalisé sur King. L'étalon ne ferait sûrement pas de crise de panique, mais si cela se produisait, Luke allait devoir s'approcher de lui et lui retirer la selle aussi rapidement que possible.

Il tendit sa main vers King et attendit patiemment que l'étalon vienne vers lui. Cela lui prit une minute, mais il finit par avancer d'un pas hésitant et sentit la main de Luke.

— Oui, ce n'est que moi. Tu n'as rien à craindre. Si tu ne veux pas de cette selle, je peux la retirer, mais cela ferait très plaisir à Clay si tu la gardais pendant un moment. Tu n'es pas obligé de me laisser te monter aujourd'hui. Je sais que c'est une grande étape à franchir pour toi, mais laisse-moi simplement resserrer la sangle pour que la selle ne glisse pas pendant que tu fais tes exercices, d'accord ?

King n'essaya pas de se dérober lorsque Luke se plaça près de son flanc. Luke souleva le quartier et tira sur la sangle pour la resserrer d'un cran. Cela lui valut un hennissement contrarié et une tentative de morsure de la part de King. Luke vérifia que la sangle était bien tendue. La selle n'était pas suffisamment stable pour monter, mais elle resterait sûrement en place sans le poids d'un cavalier pour la faire basculer. Cela suffirait pour aujourd'hui.

— Voilà, j'ai terminé, dit-il en s'écartant du flanc. Nous allons pouvoir repasser aux choses simples.

— Beau travail, le félicita Clay, surprenant Luke par sa proximité. Je n'aurais pas fait mieux moi-même.

Luke n'en était pas si sûr, étant donné que la sangle n'était pas totalement tendue, mais cela ne l'empêcha pas de se réjouir de la validation de Clay.

— Et maintenant, que faisons-nous ?

— Maintenant, nous laissons Joe nous dire ce que King doit faire et nous vérifions qu'il supporte bien la selle, répondit Clay. Et après son entraînement, je veux te voir monter. Joe ne m'a dit que du bien concernant ta progression. Je suis sûr que je n'aurais rien à ajouter – il est bien meilleur enseignant que moi –, mais j'aimerais le voir de mes propres yeux.

Luke trouvait que rien n'était plus ennuyeux que de regarder la leçon d'équitation de quelqu'un d'autre, mais c'était le problème de Clay. Le sien serait de ne pas se ridiculiser pendant que Clay l'observerait.

— Si ça te fait plaisir, dit-il en haussant les épaules.

— Très plaisir, répliqua Clay.

Luke ne savait pas trop comment prendre cela, mais sa confusion n'atténua pas la chaleur causée par ces mots.

— Nous sommes en train de perdre du temps, lança Joe depuis un coin du manège. Faisons lui faire ses exercices.

Luke leva une main pour lui dire qu'il l'avait entendu et fit partir King au petit trot, attendant de nouvelles instructions.

Chapitre dix-sept

LUKE caressa une dernière fois le chanfrein de King et lui donna discrètement une carotte avant de fermer la porte de sa stalle pour la nuit. Il gémit lorsqu'il se pencha en avant pour toucher ses pieds. Il se fit la promesse qu'un jour, il arriverait à sortir d'un cours avec Joe sans avoir de la gélatine à la place des jambes. Il voulait croire qu'il n'avait plus aussi mal que lorsqu'il avait commencé, mais chaque fois qu'il acquérait une compétence, Joe lui en présentait deux nouvelles, ne laissant jamais une chance à ses muscles de récupérer totalement. Il n'avait plus songé à passer la nuit assis sur les escaliers depuis ce premier soir, mais c'était surtout parce qu'il savait que Mme Twitchell ne le laisserait pas faire. À chacun de ses pas, ses jambes lui faisaient mal.

— Ah, génial, j'avais peur que tu sois déjà parti, dit Clay. Je dois te montrer où se trouve le jacuzzi et comment il fonctionne. Tu as fait du bon travail et je sais combien c'est difficile. Ça va te faire du bien de te détendre dans l'eau.

— Merci, mais je vais bien, mentit Luke. Je vais prendre une douche chez moi et après une bonne nuit de sommeil, je serai de nouveau opérationnel.

— Je n'en doute pas, mais nous avons un jacuzzi. Il faut bien qu'il serve.

Il prit Luke par le bras et l'amena vers la porte de l'écurie.

— Je suis venu en voiture. Je peux te conduire jusqu'à la maison et te ramener ici afin que tu récupères ton scooter quand nous aurons terminé.

Luke avait des centaines de raisons de ne pas accepter son offre, la première étant la possibilité que Clay se retrouve avec lui dans le jacuzzi. Cependant, il ne pouvait pas utiliser cette raison devant Clay.

— Je peux te suivre en scooter jusqu'à la maison. Tu ne devrais pas avoir à revenir jusqu'ici lorsque nous aurons terminé.

Luke sentit que Clay voulait protester, mais il finit par hocher la tête et l'accompagna jusqu'à son scooter. Luke aurait aimé ne pas avoir réussi à convaincre Mme Twitchell qu'il se portait assez bien pour conduire. Si elle était venue le chercher au travail, il aurait eu une excuse parfaite pour ne pas se rendre au jacuzzi.

Il suivit Clay dans une partie de la ferme où il n'avait jamais mis les pieds. Pratiquement dès son premier jour, il avait travaillé dans l'écurie des étalons, mais même les quelques fois où il avait travaillé dans d'autres bâtiments, il ne s'était jamais approché de cet endroit. Il déglutit difficilement lorsqu'ils approchèrent de la maison. Elle était construite sur trois étages avec des colonnes blanches d'inspiration grecque entourant des marches en pierre qui menaient à la porte d'entrée. C'était un parfait exemple de toutes les raisons pour lesquelles Clay n'était pas à sa portée. Luke avait passé le plus clair de sa vie dans des mobiles-homes ou des petits studios, non pas dans un tel luxe.

Clay contourna la maison et entra dans un garage qui pouvait accueillir quatre voitures, si l'on en croyait le nombre de portails. Luke gara son scooter dehors et glissa ses mains gantées dans ses poches.

— Tu as une magnifique maison, dit-il lorsque Clay sortit de la voiture.

— Elle est pleine de prétention. J'avais l'habitude de plaisanter avec Nick en lui disant que j'allais la brûler pour reconstruire quelque chose de plus raisonnable, mais il insistait toujours en disant que c'était un bâtiment empli d'histoires et que je ne pouvais pas faire ça. Alors j'ai décidé de faire avec.

Luke fit de son mieux pour ne pas rester bouche bée en entendant sa réponse. S'il avait une maison telle que celle-ci, il n'arrêterait jamais de remercier le ciel d'avoir autant de chance. Là encore, Clay venait d'une famille aisée, alors c'était facile pour lui de critiquer une telle maison.

— As-tu grandi ici ?

— Oui. La dernière lucarne était ma chambre. Les autres donnent dans la salle de jeux. À l'origine, c'étaient les quartiers des domestiques ; mes parents ont cassé les murs pour me donner de l'espace pour être un enfant. Le reste de la maison est une vitrine. Le dernier étage n'appartenait qu'à moi. Suis-moi, le jacuzzi se trouve à l'arrière de la maison et il y a un cabanon dans lequel tu peux te changer.

— Je n'ai pas de maillot de bain.

Luke ne pouvait pas croire qu'il lui avait fallu tout ce temps pour y penser. Cela aurait été une parfaite excuse pour refuser son invitation.

— C'est un jacuzzi. Tu n'as pas besoin d'un maillot de bain. Ce n'est pas comme si l'on pouvait voir quelque chose à travers toutes ces bulles.

Les joues de Luke se mirent à brûler dans l'air froid. Il espérait simplement que Clay ne puisse pas le voir dans le crépuscule.

— Je ne peux pas faire ça. Je vais rentrer à la maison. Je rapporterai des affaires la prochaine fois.

— Il y a quelques shorts de bain propres dans le cabanon. Tu peux en prendre un. Je fais toujours en sorte d'en garder de différentes tailles au cas où des personnes oublieraient de rapporter le leur. Ou bien tu peux simplement rester en sous-vêtements. Je ne regarderai pas.

Si la situation était différente, Clay pourrait le regarder autant qu'il le souhaitait, mais ils ne sortaient pas ensemble et Luke refusait d'être une simple aventure, même pour son séduisant patron.

— Je vais voir si l'un des shorts me va, dit Luke.

Il pria afin que Clay comprenne le sous-entendu et mette aussi un maillot de bain. S'il se rendait nu dans le jacuzzi…

Luke déglutit et chassa cette pensée de son esprit. Il serait déjà assez perturbé de voir Clay torse nu et en short. Il n'avait pas besoin d'avoir plus d'images excitantes en tête.

Clay montra à Luke où se trouvaient les shorts de bain, puis il s'en alla pour se changer.

— Entre directement dans le jacuzzi quand tu seras prêt. L'eau est chaude, même quand les jets ne sont pas en marche.

Luke attendit de voir une lumière s'allumer dans la maison avant de se déshabiller. Clay avait autre chose à faire que de le regarder secrètement se changer, mais à cet instant, sa pudeur était plus forte que son bon sens. Il se mit nu et enfila le short de bain. Il était un peu serré, mais cela n'aurait plus d'importance quand il serait dans le jacuzzi avec les jets. Même les shorts amples collaient à la peau une fois mouillés.

Il aurait pu continuer à trouver des raisons de s'attarder dans le cabanon, mais s'il le faisait, il serait obligé de marcher jusqu'au jacuzzi en ayant les yeux de Clay posés sur lui. S'il se trouvait déjà dans le jacuzzi, l'eau pourrait le dissimuler au regard de son patron. Il n'était pas vilain physiquement, mais il n'avait pas l'assurance nécessaire pour traverser fièrement l'espace qui le séparait du jacuzzi pendant que Clay observait chacun de ses mouvements. Cela avait déjà été assez difficile durant la leçon d'équitation. Joe avait été assez sage pour ne pas lui demander pourquoi il n'arrivait pas à faire des choses qu'il avait faites sans problème le jour précédent. Là encore, étant donné l'expression sur le visage de l'entraîneur, il n'avait pas eu besoin de le demander.

Luke se précipita à travers la terrasse ouverte, frissonnant dans la fraîcheur de cette nuit de mars. Il ne faisait plus aussi froid qu'avant, mais cela ne voulait pas dire qu'il faisait doux. Il se glissa avec gratitude dans le jacuzzi et laissa l'eau le protéger de la température extérieure.

— Bien, tu es déjà installé, dit Clay.

Luke se tourna pour le regarder marcher vers le jacuzzi. Comme d'habitude, sa démarche était assurée, mais il ne se précipitait pas comme Luke l'avait fait, ce qui permit à ce dernier de prendre son temps pour admirer ce corps qui n'était couvert que d'un minuscule slip de bain. Qu'il soit en costume ou en tenue de travail, Luke avait toujours considéré Clay comme un apollon, mais maintenant qu'il ne portait rien de plus qu'une bande de tissu pour préserver un soupçon de décence, Luke ne pouvait pas le quitter des yeux. Il saliva en mémorisant chaque détail du corps de cet homme : ses épaules larges, son torse puissant et velu, ses hanches fines et la bosse considérable sous son maillot de bain.

— Tu as pris des serviettes de bain ? demanda Clay.

La question sortit Luke de sa contemplation.

— Je ne savais pas où elles se trouvaient. Désolé.

— Pas de problème.

Clay se dirigea alors vers le cabanon et offrit une vision parfaite de son dos à Luke. Et c'était une vision *parfaite* de dos. Le slip se mariait parfaitement à la courbe de ses fesses, rebondies et aussi musclées que le reste de son corps. La manière dont les muscles de ses jambes – qui semblaient s'étendre sur des kilomètres – étaient dessinés prouvait que cet homme avait fait de l'équitation durant des années, même si Joe avait dit qu'il n'était plus monté à cheval depuis l'accident.

— De toute manière, je dois activer les jets. Les commandes du jacuzzi se trouvent dans le cabanon. Je te les montrerai lorsque nous ressortirons afin que tu puisses l'utiliser même lorsque je ne suis pas là.

Luke détourna le regard lorsque Clay se tourna vers lui. Il ne voulait pas se faire prendre le regardant fixement comme un adolescent excité n'ayant aucun respect pour la personne avec laquelle il se trouvait.

Dès que Clay entra dans le cabanon, Luke se plongea davantage dans l'eau. Avait-il laissé sa serviette au-dessus de sa pile de vêtements ? Les jets se mirent en route, le surprenant et interrompant son train de pensées. Puis il entendit la porte s'ouvrir derrière lui et Clay s'approcha du jacuzzi, une serviette autour du cou et une autre drapée sur son bras. Il les accrocha sur un portemanteau installé près des escaliers, qui se trouvait clairement ici pour cet usage, entra dans l'eau et se plaça près de Luke.

Parmi toutes les places disponibles dans le jacuzzi, il avait fallu qu'il s'installe juste à côté de lui. Luke voulut se décaler d'un siège, mais Clay l'en empêcha.

— Tu n'as pas à t'échapper. Je ne mords pas. En plus, si tes jambes te font mal, tu as choisi le bon siège, car à cet endroit, les jets sont ciblés sur la partie inférieure du corps.

Luke déglutit difficilement et s'abaissa légèrement afin que l'eau recouvre son corps jusqu'à ses épaules. Son dos ne lui faisait pas aussi mal que ses jambes, mais il avait tout de même fait travailler sa ceinture abdominale cette semaine. Afin de garder son équilibre, il devait constamment utiliser son abdomen et les muscles de son dos, étant donné que ses jambes étaient trop occupées à guider Katie pour l'aider à faire autre chose. Et Joe avait menacé de lui retirer ses étriers la semaine prochaine.

— Depuis combien de temps fais-tu de l'équitation ? demanda Clay. Tu t'es vraiment bien débrouillé aujourd'hui.

— J'ai suivi des cours pendant deux ans lorsque j'étais au lycée. C'est de cette manière que j'ai commencé à travailler dans une écurie. Je n'avais pas les moyens de me payer des cours, alors je travaillais pour eux en échange.

— Tu as fini le lycée depuis un moment. Pourquoi n'as-tu pas continué ?

Voilà. Le moment où Clay perdrait tout intérêt pour lui était arrivé.

— J'ai eu besoin de cet argent pour autre chose.

— Ta petite amie ? le taquina Clay. Ou peut-être ton petit ami ?

— Si seulement, répondit Luke avec amertume. Ma mère est devenue trop malade pour travailler et les factures ont continué à s'accumuler. Lorsqu'elle est décédée, tout ce qu'il me restait était une broche qui avait appartenue à sa grand-mère et une montagne de dettes. Je n'étais pas assez bon élève pour obtenir une bourse d'études, personne ne voulait m'accorder un prêt à cause de tout l'argent que je devais et je ne savais rien faire d'autre que nettoyer des stalles. Voilà pourquoi je suis ici, toujours en train de travailler dans une écurie.

— Cela rend encore plus impressionnant ce que tu as fait aujourd'hui. J'ai connu des cavaliers professionnels qui ne savaient pas faire ce que Joe était en train de t'apprendre. Peut-être qu'on ne leur a jamais appris ou bien peut-être qu'ils ne voulaient pas apprendre. Ne sous-estime pas ton talent.

Luke haussa les épaules.

— Je n'ai pas l'impression que c'est flagrant, mais je te prends au mot.

Clay lui donna un coup d'épaule.

— Tu n'as pas répondu à ma question concernant tes petites amies. Même si tu n'en avais pas une à l'époque, tu pourrais en avoir une maintenant.

— Pas de partenaire, que ce soit une femme ou un homme. Je ne suis pas intéressé par les femmes et les hommes auxquels je me suis intéressé n'attendaient pas la même chose que moi d'une relation de couple. C'est plus simple d'être célibataire.

Le sourire prédateur de Clay noua l'estomac de Luke.

— Qu'était cette chose que tu voulais et qu'ils n'étaient pas prêts à te donner ?

— Un engagement. Je sais que mon joli visage est tout ce qu'il y a d'intéressant chez moi. On me l'a assez répété. Mais je ne cherche pas à me faire entretenir. Je refuse d'être le jouet d'un homme. Je suis peut-être pauvre, mais j'ai ma fierté.

— Je vais devoir te contredire sur cette histoire de joli visage.

Le cœur de Luke se serra. Si Clay ne le trouvait même pas attirant, cela voulait dire qu'il n'avait aucune chance.

— Tu as un très joli visage, mais ton assiette vaut bien plus que ton physique. D'ici deux mois, Joe aura réussi à te faire monter aussi bien que des jockeys professionnels et lorsqu'il aura terminé, tu te rendras compte de la valeur exacte de ton talent.

Luke ne savait pas si c'était une si bonne chose. En tout cas, ce n'était pas l'histoire romantique dont il rêvait.

Chapitre dix-huit

DEUX semaines plus tard, Luke tira une dernière fois sur la sangle pour s'assurer que King n'avait pas fait en sorte qu'elle reste légèrement lâche, puis il se tourna vers Clay et Joe.

— Vous êtes sûrs que c'est une bonne idée ? Je pourrais continuer à m'entraîner sur Katie. Je ne suis pas obligé de monter King.

— Oui, c'est une bonne idée, répondit Joe en allant se placer devant King pour lui tenir la tête. Clay va te faire la courte échelle. Ce sera plus facile pour King et toi que si tu essayes de te hisser sur son dos tout seul.

Clay s'approcha de Luke et se mit en place pour lui faire la courte échelle. Luke était toujours sceptique, mais il ne gagnerait pas cette bataille. Il prit appui sur les mains de Clay et compta jusqu'à trois en prenant de l'élan sur sa jambe droite. À trois, Clay le souleva et Luke passa sa jambe par-dessus le dos de King, faisant de son mieux pour atterrir doucement sur la selle. Il ne voulait pas surprendre l'étalon et commencer sa journée en étant jeté à terre.

King se dandina un peu, mais Joe le calma rapidement.

— Tout va bien là-haut ?

Luke prit une profonde inspiration et se détendit. Il ne servait à rien de se crisper.

— J'y travaille, répondit-il.

Une main se posa sur son mollet et le surprit. Il regarda vers le bas et vit Clay en train d'ajuster ses étriers.

— Je peux le faire, dit Luke.

— Je sais, mais moins tu remues, moins il y a de chance que King s'agite. Ça va me prendre une seconde. Ensuite, tu pourras le faire avancer et le réhabituer à être monté.

En toute logique, Luke ne pouvait pas refuser son aide, malgré la sensation troublante provoquée par les mains de Clay sur ses mollets. Une fois que les étriers furent en place, Joe s'éloigna de la tête de King.

— Il est tout à toi, lui lança Joe.

C'était la phrase la plus effrayante que Luke avait entendue de l'année. Il fit claquer sa langue pour demander à King d'avancer et essaya de se souvenir de toutes les leçons de Joe sur la posture, la position des jambes, la répartition du poids et l'équilibre. Katie avait peut-être des gencives sensibles, mais elle restait calme tant que Luke ne tirait pas sur ses rênes. King, au contraire, était un cheval très nerveux, même pour un étalon. Une seule petite erreur pourrait le faire partir au quart de tour.

— Hé, dit Clay, attirant l'attention de Luke. Regarde-moi.

Luke tourna scrupuleusement son attention vers son patron.

— N'aie pas peur de lui. Nous avons essayé de trouver un autre cavalier pour le monter après le décès de Nick. Nous ne sommes jamais arrivés jusque-là. Si tu ne vas jamais au-delà de ce que tu es en train de faire avec lui, tu auras déjà accompli un miracle. Le reste n'est que du bonus.

C'était facile pour lui de dire cela. Il avait les deux pieds sur la terre ferme. Il ne se trouvait pas sur le dos d'un pur-sang nerveux d'un mètre soixante-dix et d'une demi-tonne.

— J'ai une meilleure idée, intervint Joe. Tu n'es pas détendu et King sent que tu es nerveux, ce qui ne présage rien de bon. Je vais le longer. Il est habitué à la longe et ça va lui permettre de retrouver sa routine. Luke, ça te donnera l'opportunité de t'habituer à son allure, qui est légèrement différente de celle de Katie. Lorsque vous serez tous les deux en confiance, nous pourrons détacher la longe et te donner une chance de guider King par toi-même.

— Si tu penses que ça peut aider, fais-le, dit-il. Je ne m'attendais pas à être si crispé.

— Détends-toi, dit Joe en attachant la longe à la bride de King. Il prendra soin de toi une fois que tu seras à l'aise.

Luke regarda Clay pour en avoir la confirmation. Celui-ci lui adressa un sourire encourageant, alors il se positionna comme Joe le lui avait appris, puis il attendit que l'entraîneur fasse avancer King à différentes allures.

Au pas, il ne voyait aucune différence entre Katie et King, mais dès que Joe le fit passer au trot, Luke comprit. Le trot de King n'était pas brusque, mais... énergique. Ce serait facile de se soulever en rythme étant donné qu'il faisait rebondir Luke sur la selle, mais ce serait plus difficile de faire du trot assis ou de rester assis assez longtemps pour le faire passer au petit galop.

— Amortis le mouvement avec ton dos, lui rappela Joe. Soulève-toi ou balance-toi à son rythme. Ne rebondis pas.

— J'essaye, répliqua Luke, les dents serrées.

King n'allait pas assez vite pour un trotter enlevé. Luke devait rester assis sur sa selle.

Joe donna un coup de chambrière faisant passer King au petit galop et toute la tension disparut du corps de Luke. Le trot de King était dynamique, mais son galop était doux comme de la soie. Luke n'éprouva aucune difficulté à s'adapter à son rythme.

— Magnifique, lança Clay.

Exalté par la joie de monter enfin King, Luke lui adressa un sourire.

Clay le lui rendit et Luke sentit un frisson le parcourir. Il ne pouvait pas se permettre d'y réfléchir. Il devait se focaliser sur sa monture ou il ferait une erreur, mais il mémorisa ce sentiment pour y réfléchir plus tard. Il avait emporté son maillot de bain, avec l'intention d'accepter l'offre de Clay, qui lui avait proposé d'utiliser le jacuzzi quand il le voulait. Il espérait que Clay se joindrait encore à lui.

Joe fit revenir King au pas.

— À toi de jouer, dit-il à Luke. Tu te sens prêt ?

— Oui, je ne sais pas pourquoi j'étais si nerveux. Il est formidable à monter.

— Ça a toujours été un bonheur de le monter, dit Clay avec mélancolie.

— Tu veux faire un tour ? demanda Luke. Je peux descendre et te le laisser.

Clay fit non de la tête.

— J'en ai terminé avec l'équitation. Je vais me satisfaire de te regarder le monter.

Luke aurait voulu le faire changer d'avis, mais le forcer à monter serait une mauvaise idée. Au lieu de cela, il décida de devenir le meilleur cavalier dont King pouvait rêver, dans l'espoir d'apaiser Clay. Il tourna le regard vers Joe.

— Dis-moi ce que je dois faire.

MONTER King était bien plus difficile que de monter Katie. Il était plus imposant, ce qui étirait les muscles de Luke d'une manière différente. King étant plus puissant, il fallait donc exercer une pression plus forte pour le guider. Les jambes de Luke n'étaient pas aussi douloureuses que la première fois qu'il avait monté Katie, mais elles l'étaient bien plus que n'importe quelle autre fois depuis.

— Tu montes à la maison ce soir, n'est-ce pas ? demanda Clay alors que Luke retirait la selle de King. Nous avons tellement de choses à célébrer.

— Je dois d'abord m'occuper de King, mais oui, j'avais l'intention de venir. Cette fois-ci, j'ai même pensé à prendre mon maillot de bain et j'ai bien fait parce que je ne sens plus mes jambes.

Depuis la première fois où Clay l'avait invité à utiliser le jacuzzi, Luke s'était rendu à la maison la plupart des soirs. Parfois, Clay se joignait à lui, mais pas tout le temps. Ce soir, il lui tiendrait certainement compagnie.

Clay sourit et toucha tendrement la joue de Luke.

— On se voit à la maison, alors. Dans une demi-heure ?

Luke réfléchit à tout ce qu'il devait faire pour préparer King pour la nuit. Il ne pouvait pas réfléchir à ce que cette caresse pouvait signifier. Il avait encore du travail ; un travail que Clay le payait pour faire correctement.

— Plutôt une heure. Je dois le rafraîchir et le nourrir, puis il va vouloir sortir un peu. Oh, et je n'ai pas nettoyé sa stalle ce matin et…

— Luke, arrête, l'interrompit Clay en posant un doigt sur ses lèvres pour le faire taire. Si tu as besoin d'une heure, très bien. Tu n'as pas besoin de te justifier auprès de moi. Mais tu n'as pas non plus besoin de nettoyer la stalle de King. Un autre garçon d'écurie s'en est chargé pendant que nous étions dans le manège. Et tu gâtes trop ce cheval en le faisant sortir si souvent. Ça ne lui fera pas de mal de ne pas sortir ce soir. Il a eu son quota d'exercice pour la journée.

— Oui, mais il aime être dehors.

Ses lèvres le chatouillaient à l'endroit où Clay avait posé son doigt et il se demanda ce que lui réservait cette soirée. La première nuit où ils avaient utilisé le jacuzzi, il avait été clair sur ce qu'il attendait d'une relation, du moins il en avait l'impression. Si Clay le touchait de cette façon, cela voulait-il dire qu'il voulait la même chose ? Il ne pouvait pas vouloir la même chose, en tout cas pas avec Luke. N'est-ce pas ?

Clay se mit à rire.

— Viens à la maison quand tu auras terminé, que ce soit dans une demi-heure ou dans deux heures. Je t'attendrai.

Luke le regarda partir, admirant impudemment la manière dont il remplissait son jean. Lorsqu'il ne le vit plus, Luke se tourna vers King et termina de lui retirer sa selle.

— Que vais-je bien pouvoir faire ?

Bien entendu, King ne lui répondit pas. Luke lui donna une douche rapide et le brossa jusqu'à ce qu'il soit sec. Les nuits étaient plus douces qu'elles ne l'avaient été lorsqu'il avait commencé à prendre soin de King, mais cela ne voulait pas dire qu'une robe humide était agréable la nuit. Il fit sortir King – qui allait probablement se salir à nouveau, mais Luke s'en inquiéterait le lendemain – pendant qu'il inspectait la stalle et lui préparait son dîner. Une fois que King fut installé, Luke le caressa une dernière fois le chanfrein et ferma la porte.

Il récupéra son sac dans la sellerie et se dirigea vers la maison. Elle était toujours aussi imposante que la première fois qu'il l'avait visitée, mais le choc de la découverte s'était estompé. Les fenêtres à l'avant de la maison n'étaient pas éclairées et Luke se demanda si Clay était déjà dans le jacuzzi. Il gara son scooter et se dirigea vers le cabanon ; il fut surpris de le trouver éclairé, ainsi que la piscine. Clay n'avait jamais pris la peine d'allumer les lumières à l'arrière de la maison. Luke n'avait même pas remarqué qu'il y en avait. Il entra dans le cabanon et se figea en voyant ce qui se trouvait à l'intérieur.

La table en fer forgé était recouverte d'une nappe blanche sur laquelle étaient posés deux couverts, en porcelaine de Chine et en cristal, avec un vase de fleurs au centre. Sur le bar, des cloches recouvraient les plats chauds dont émanaient de délicieuses odeurs. Des bougies scintillaient sur le manteau de la cheminée et un joli feu brûlait dans le foyer.

— Clay ? C'est quoi tout ça ?

— Je t'ai dit que nous avions des choses à célébrer, répondit Clay en apparaissant derrière la porte. J'aimerais que tu dînes avec moi.

— Je ne suis pas vraiment habillé pour l'occasion, dit-il en baissant les yeux sur ses bottes et son jean abîmé.

— Moi non plus.

Il portait le même jean qu'un peu plus tôt à l'écurie, mais il avait des mocassins à la place des bottes et sa chemise était à des années-lumière de la vieille chemise à carreaux de Luke.

— Mais d'abord, je t'ai promis un tour dans le jacuzzi. Le dîner peut attendre. Commençons par nous détendre et nous mangerons ensuite.

— Je ne suis pas non plus habillé pour ça.

Il ne pouvait pas se changer alors que Clay se tenait à côté de lui ; son patron ne portait pas non plus son maillot de bain, sauf s'il l'avait enfilé sous son jean.

— Tu peux te changer dans la salle de bain. Je t'attendrai dans le jacuzzi.

Clay recula et commença à déboutonner son pantalon. Luke déglutit et se précipita dans la salle de bain. Il n'était pas encore prêt à le regarder retirer ses vêtements jusqu'à ce qu'il finisse en slip de bain. Il n'était pas sûr d'être prêt pour ce que Clay était prêt à lui offrir, mais bon sang, il en mourrait d'envie. Il sortit son maillot de bain de son sac et, sans réfléchir, se glissa sous la douche pour rincer rapidement la poussière et les poils de chevaux qui s'étaient accrochés à lui durant la journée.

Il enfila son maillot de bain, prit une profonde inspiration pour se donner le courage de marcher jusqu'au jacuzzi en étant observé par Clay, puis il ouvrit la porte. Clay avait réduit l'éclairage dans le cabanon et éteint les lumières extérieures, laissant la pièce éclairée par le feu de cheminée et les bougies tandis que le jacuzzi était baigné par le clair de lune. Luke aurait dû se réjouir que la lumière tamisée empêche Clay de le voir clairement, mais cette ambiance rendait la tension palpable. Cette soirée était tout ce qu'il y avait de plus parfait – une scène de film romantique, la mise en scène idéale pour séduire l'autre.

Mais Luke ne voulait pas être séduit. Il voulait être aimé.

Chapitre dix-neuf

LORSQUE Luke sortit, Clay était déjà installé à sa place habituelle dans le jacuzzi. Ce dernier tourna la tête et lui sourit. Luke sentit son regard telle une caresse. Il résista à l'envie de courir vers le jacuzzi en enroulant ses bras autour de lui pour se cacher. Il n'était pas bâti comme Clay. Il était mince et pâle. Grâce aux heures qu'il avait passées à nettoyer des stalles, ses bras étaient légèrement musclés et grâce aux heures d'équitation qu'il avait accumulées, ses jambes n'étaient pas trop fines. Cependant, dans l'ensemble, il n'était pas très attirant.

Clay n'était manifestement pas du même avis, à en croire la manière dont il lui tendit la main lorsqu'il arriva enfin près du jacuzzi. Il l'aida à descendre les marches et le guida jusqu'au siège qu'il occupait chaque fois.

— Je pensais ce que j'ai dit l'autre nuit, dit Luke lorsque Clay posa son bras le long du jacuzzi sans pour autant le glisser autour de ses épaules. Je ne cherche pas une aventure.

— Je t'ai entendu, répondit Clay. Je suis un monogame en série. Quand je suis en couple, mon partenaire est la seule et unique personne avec laquelle je suis, et ce jusqu'à la fin. Lorsque Nick et moi avons commencé à nous fréquenter, je n'imaginais pas que nous n'aurions même pas vingt ans à passer ensemble. Je prévoyais déjà de passer les cinquante ou soixante prochaines années de ma vie avec lui. Je sais ce que les médias disent de moi, mais je ne suis pas un play-boy. Nick était mon premier amant. J'ai toujours pensé qu'il serait le seul, mais la vie en a décidé autrement. Puis tu as débarqué et je me suis dit que la vie m'offrait peut-être une deuxième chance. Je ne te parle pas en tant que patron et si tu ne veux pas te lancer dans une relation avec moi, ça n'affectera en rien ton travail. Tu seras toujours le palefrenier de King. Tu pourras toujours le monter…

Cette fois, Luke fut celui qui arrêta ce flot de paroles en posant sa main sur ses lèvres.

— Si tu pouvais me laisser en placer une, le taquina-t-il gentiment. Que cherches-tu, Clay ? Je ne veux pas qu'il y ait de malentendus. Qu'attends-tu de moi ?

— Une chance. Nous ne sommes peut-être pas faits pour nous entendre, même si ce que je sais de toi jusqu'ici me laisse penser le contraire. La seule manière de le savoir est d'essayer. Donne-moi une chance de te montrer que nous pourrions être heureux ensemble.

Luke réfléchit à sa proposition. Il n'en avait pas attendu autant de la part de Clay.

— Qu'en est-il des choses que tu ne sais pas ?

— La seule manière de connaître ces choses est de passer du temps ensemble. Tu pourrais découvrir quelque chose chez moi qui te ferais changer d'avis.

Sûrement pas, pensa Luke, mais peut-être que Clay cachait des secrets inavouables.

— Je ne vais pas coucher avec toi ce soir simplement parce que tu as dit que tu avais envie que cette relation dure.

— Je ne t'ai rien demandé de sexuel, lui rappela Clay. Je t'ai proposé de dîner. Je t'ai proposé de partager le jacuzzi avec moi. Il se peut que je réclame un baiser d'au revoir avant que tu t'en ailles. C'est tout. Pas de pression, pas de précipitation. Nous allons apprendre à nous connaître et essayer de voir comment notre relation fonctionnerait.

Toute la tension qui s'était accumulée dans le corps de Luke disparut, apaisée par l'eau chaude et les mots qu'il avait voulu entendre.

— Et si je veux un baiser avant cela ?

Le sourire ravi de Clay était à l'opposé de la surprise dans son regard.

— Tu as aussi le droit de faire des demandes.

Luke s'adossa contre la paroi du jacuzzi afin que sa tête repose sur l'avant-bras de Clay.

— Embrasse-moi ?

Clay tendit la main et prit son visage en coupe dans sa main puissante et solide. Il en avait peut-être terminé avec l'équitation, mais Luke pouvait sentir les callosités qui étaient le résultat d'années d'équitation et de travail manuel. Luke savoura cette caresse, frissonnant. Clay caressa son lobe d'oreille du bout du doigt. Luke n'aurait pas pensé qu'il s'agissait d'une zone érogène jusqu'à ce que Clay la touche.

— Tu aimes ça ? demanda Clay.

Luke hocha la tête, à bout de souffle. Clay rit et pencha la tête de Luke vers la sienne.

— Voyons voir ce que tu aimes d'autre.

Luke laissa échapper un doux gémissement entre ses lèvres entrouvertes.

— Tu es tellement réceptif, murmura Clay, ses lèvres si près de l'oreille de Luke qu'il put sentir son souffle. J'ai à peine commencé que tu gémis déjà.

Luke gigota, embarrassé, et pinça ses lèvres pour éviter de faire plus de bruit.

— Non, ne fais pas ça, dit Clay en dessinant ses lèvres du bout du doigt. Je veux entendre comme tu aimes ce que je te fais.

Il déposa de doux baisers de sa tempe à ses pommettes, puis sur l'arête de son nez. Luke prit une vive inspiration, son corps tout entier crispé sous l'anticipation. Il se cambra d'impatience sur le siège, faisant se rencontrer leurs torses. Luke ne comprit pas si Clay avait attendu un signal de sa part qu'il avait fini par donner ou s'il avait simplement perdu patience, mais soudain, il le prit fermement dans ses bras, l'un toujours autour de ses épaules et l'autre enroulé autour de sa taille. Il plaqua sa bouche sur celle de Luke dans un baiser doux et possessif qui lui fit tourner la tête.

Le baiser s'éternisa, chaque seconde embrasant les sens de Luke jusqu'à ce que le monde ne se résume plus qu'aux lèvres et aux mains de Clay et à la chaleur de l'eau remuant autour d'eux. Luke s'imprégna de toute cette attention, voulant désespérément croire aux promesses de Clay et à un futur qui inclurait davantage de doux baisers, de dîners aux chandelles et de soirées passées enlacés dans le jacuzzi.

Lorsque Clay rompit le baiser, Luke laissa échapper un gémissement de désaccord, mais Clay ne partit nulle part. Il continua de l'étreindre fermement et posa son front contre le sien pour pouvoir frotter leur nez ensemble.

— J'aurais dû faire ça il y a des semaines.

— J'aurais pris mes jambes à mon cou, admit Luke. Au début, je pensais que tu étais comme les autres et que tu ne cherchais qu'une personne pour réchauffer ton lit.

— Je ne vais pas te mentir ; j'espère que nous ferons un jour l'amour, mais je veux bien plus que ça. S'ils n'ont jamais pris le temps de voir au-delà de ton physique, tant pis pour eux. J'ai bien l'intention de profiter de leur erreur de jugement.

Même la manière dont Clay en parlait était différente de celle dont en avaient parlé les hommes qui lui avaient porté de l'intérêt par le passé. On lui avait proposé de tirer un coup, on lui avait promis un bon coup ou encore une longue partie de jambes en l'air, mais personne n'avait jamais voulu lui faire l'amour.

Expliquer cela à Clay demandait plus de concentration qu'il n'en avait à cet instant, alors il se dit qu'il le ferait plus tard. Au lieu de parler, il glissa une main sur l'épaule de Clay, l'autre sur son cou et il l'attira contre lui dans un autre baiser. Encouragé par les mots de Clay, il n'attendit pas que celui-ci approfondisse le baiser, mais taquina ses lèvres avec sa langue. Clay bondit sur lui, prenant sa bouche avec toute cette possessivité de dominant qui faisait trembler Luke chaque fois qu'il pensait à son patron. Il laissa retomber sa tête dans le creux du bras de Clay et se donna entièrement à lui.

Luke perdit toute notion de temps pendant qu'ils étaient assis là, entourés par l'eau chaude tourbillonnante, l'odeur du jacuzzi se mêlant à celle de la peau de Clay. Lorsque les jets cessèrent, Clay s'éloigna en caressant une dernière fois la joue de Luke.

— Nous devrions nous essuyer et aller manger. J'ai choisi un plat qui se conserverait, car je ne savais pas à quelle heure nous serions prêts pour manger, mais cela n'empêche qu'un festin nous attend dans le cabanon.

Luke laissa Clay le sortir de l'eau et l'enrouler dans une des grandes serviettes de bain douces qu'il stockait ici. Luke se sécha rapidement. Il ne voulait pas remettre son jean sale, mais il ne pouvait pas non plus dîner en short de bain. Clay se rendit dans le cabanon et ressortit en peignoir de bain, en portant un autre par-dessus son bras.

— Tiens, tu peux mettre ça. Tu auras plus chaud que si nous restons en maillot de bain et c'est plus propre que si tu remets tes vêtements de travail.

— Merci, dit Luke en enfilant le peignoir et en serrant la ceinture autour de sa taille. Je le laverai et le rapporterai.

— Ou bien tu peux le ranger dans le cabanon et l'utiliser la prochaine fois. Personne ne vient ici à part moi et les personnes qui s'occupent du ménage. Mets ton peignoir dans le panier à linge toutes les deux semaines pour qu'il soit lavé et sinon, laisse-le dans le cabanon. À moins que tu aies besoin d'un peignoir chez toi.

Luke se mit à rire.

— Mon appartement est plus petit que ton cabanon et tout ce que j'y fais, c'est me doucher et dormir. La plupart du temps, je n'y mange même pas parce que Mme Twitchell insiste pour me faire à manger. Elle dit que c'est plus facile de cuisiner pour deux.

— Elle a raison, dit doucement Clay.

— Tu cuisines ?

— Un peu. J'aime cuisiner, mais c'est moins amusant quand il n'y a personne pour l'apprécier.

Luke se demanda si Nick avait apprécié sa cuisine, mais il chassa cette pensée de son esprit. Il n'avait pas le droit d'être jaloux d'un homme décédé. Désormais, Clay était avec lui et c'est tout ce qui comptait. Le passé était passé, pour eux deux.

— Si parfois tu as envie de cuisiner pour moi, ça permettra à Mme Twitchell de se reposer un peu. Je n'ai pas besoin qu'on me prépare des plats élaborés. J'ai juste besoin qu'on me remplisse l'estomac.

Clay rit.

— Tu parles comme Nick. Lorsque nous nous sommes rencontrés, son idée de la cuisine était de mettre du fromage fondu sur son hot dog. Il a appris à apprécier la bonne cuisine, mais finalement, il préférait que je lui prépare un steak saignant avec des pommes de terre au four.

— C'est la raison pour laquelle tu es ici avec moi ? demanda Luke. Parce que je te rappelle la personne qu'il était ?

Clay fit non de la tête en attirant Luke contre lui.

— Je t'interdis de penser cela. Oui, vous avez quelques points communs, mais tu es très différent de lui. Si ça te gêne que je parle de lui, j'essaierai de ne pas trop le mentionner. C'est simplement que nous nous sommes rencontrés quand nous avions dix ans et que nous sommes immédiatement devenus meilleurs amis. Tout le reste a suivi. Je n'ai pas beaucoup de souvenirs qui ne sont pas liés à lui d'une manière ou d'une autre.

— Ça ne me dérange pas que tu parles de lui.

C'était une bonne chose que Clay parle de Nick. Cela signifiait qu'il pouvait penser à lui sans que le deuil l'oblige à se renfermer sur lui-même.

— C'est juste que je ne peux pas être son remplaçant. J'ai besoin que la personne avec laquelle je suis me veuille moi.

— C'est le cas, promit Clay.

Luke se pencha vers lui et l'embrassa pour lui montrer que tout allait bien. Son estomac gargouilla, ce qui les interrompit et fit sourire Clay.

— Mangeons. Nous pourrons continuer à discuter lorsque nos assiettes seront pleines.

Il prit l'une des assiettes en porcelaine sur la table et se dirigea vers le bar, alors Luke fit de même. Clay retira les couvercles des chauffe-plats.

— En entrée, du *ceviche*. En plat de résistance, de la poitrine de bœuf marinée dans du vin rouge et rôtie pendant des heures, des haricots verts aux amandes et des pommes de terre au four à l'ail. Et pour terminer, de la salade et un dessert.

— Il y a assez de nourriture pour dix personnes. Nous ne pouvons pas manger tout ça.

— Tu pourras emporter les restes à Mme Twitchell. Pour une fois, ce sera toi qui lui apporteras le dîner au lieu que ce soit elle qui te prépare à manger. Sers-toi.

Luke se servit un peu de *ceviche*. Il ne savait pas ce que c'était, mais cela sentait bon malgré l'apparence exotique du plat. Ou peut-être que c'était la poitrine de bœuf qui sentait si bon, mais il serait un bon invité et goûterait à tous les plats proposés.

Il était prêt à goûter n'importe quoi si cela rendait Clay heureux.

— As-tu déjà eu l'occasion de manger du *ceviche* ? demanda Clay lorsqu'ils furent tous les deux installés à table.

— Non, cependant cela semble délicieux.

— C'est un plat péruvien à base de fruits de mer. C'est un peu épicé, mais j'aime beaucoup ce plat. Ne t'oblige pas à en manger si ça ne te plaît pas.

— J'aime les fruits de mer, répondit Luke en en prenant une fourchette.

Il sentit la forte présence du citron, ainsi que celle de l'épice amenée par les piments, mais les saveurs étaient parfaitement équilibrées.

— C'est vraiment bon. J'aime goûter de nouveaux plats. Lorsque j'étais malade, Mme Twitchell a préparé une soupe de bœuf et d'orge qui était délicieuse.

— Je vais devoir lui demander sa recette. Il commence à faire plus chaud, alors nous n'allons plus manger de soupes jusqu'en octobre ou novembre, mais ce n'est pas une raison pour ne pas lui demander sa recette dès maintenant. Surtout si c'est une recette que tu aimes.

L'hypothèse qu'ils soient toujours ensemble et partagent des repas lorsque l'hiver arriverait réchauffa Luke de l'intérieur comme aucune soupe ne pourrait le faire. Il sourit et prit une autre bouchée de *ceviche*.

— C'est peut-être ma soupe préférée, mais c'est clairement un plat hivernal. Je suis sûr qu'elle partagera sa recette avec toi si tu la lui demandes. Elle t'apprécie beaucoup.

À sa surprise, Clay rougit en entendant ce compliment.

LA poitrine de bœuf et le dessert étaient aussi délicieux que le *ceviche* et lorsqu'ils terminèrent de dîner, Luke était totalement rassasié. Il était plus heureux qu'il ne l'eût jamais été. Il avait passé une soirée avec un homme qui semblait sincèrement intéressé par lui et non pas par le simple fait de le mettre dans son lit. Il ne voulait pas que cette soirée se termine, mais il devait rentrer et se reposer, ou bien il en paierait les conséquences le lendemain. Si Luke était en retard pour donner sa portion matinale de nourriture à King, celui-ci se moquerait de l'heure à laquelle il était rentré. Si Luke faisait une erreur en montant, Joe se ficherait du peu d'heures de sommeil qu'il avait accumulé. Clay serait peut-être là pour s'en soucier, mais si Luke blessait ou contrariait King en commettant une erreur, son patron ne serait pas non plus content.

— Je devrais rentrer à la maison pour me reposer avant la journée de demain, dit-il avec regret. Je ne veux pas être trop fatigué pour les cours de Joe.

— Je ne dis pas ça pour ce soir, parce que je sais que ce n'était pas prévu, mais j'ai des chambres d'amis. Tu peux y dormir quand tu veux, si tu es inquiet de rentrer en pleine nuit ou si tu as simplement besoin de l'heure de sommeil que tu gagnes en évitant de rentrer chez toi et de revenir le matin. Il te suffira d'emporter des vêtements de rechange et ta brosse à dents.

Luke fit non de la tête.

— C'est très gentil de ta part, mais je ne suis pas encore prêt. Je sais que tu ne parles que d'une chambre d'amis et que tu tiendrais parole, mais c'est tout de même une grande étape. Peut-être plus tard, quand tout ne sera plus aussi frais entre nous.

— Quand *tu* veux, répéta Clay.

Il se mit debout et prit Luke dans ses bras pour l'embrasser tendrement.

— Va remettre tes vêtements. Je vais t'accompagner jusqu'à ton scooter.

Luke se rendit dans la salle de bain et enfila ses vêtements de travail. Une fois prêt, il retourna au cabanon. Clay avait aussi échangé son peignoir contre son jean et sa chemise, mais ses pieds étaient toujours nus. Luke ne put s'empêcher de trouver cela extrêmement sexy. Il se précipita dans ses bras et l'embrassa profondément. Cela aurait été tellement simple de se laisser porter par l'instant et séduire par Clay. Sans même que Clay le lui ait demandé, Luke était quasiment prêt à se laisser convaincre de rester, mais ce n'était pas une aventure d'un soir. Ils aspiraient à une relation sérieuse et cela voulait dire qu'il fallait faire les choses correctement.

— Dors bien, dit Luke en s'écartant.

— Fais de beaux rêves, répondit Clay.

Ils marchèrent jusqu'au scooter, Clay gardant son bras autour de la taille de Luke.

Luke savait exactement ce dont il allait rêver cette nuit : embrasser Clay.

Chapitre vingt

LUKE débordait d'énergie lorsqu'il arriva aux écuries un frais matin de mai. Depuis leur premier dîner en tête à tête, il avait passé chaque soirée avec Clay lorsque celui-ci était en ville. Ils mangeaient soit des plats à emporter, soit des steaks grillés, soit d'autres plats qu'ils préparaient eux-mêmes. La plupart des soirs, ils avaient terminé dans le jacuzzi pour y partager des baisers fiévreux et des caresses tendres. C'était comme un rêve devenu réalité pour Luke, l'incarnation de ce qu'il avait toujours attendu d'une relation de couple. Et pour sublimer le tout, Joe allait commencer à lui apprendre à faire du saut avec King dès ce matin. Après cette journée, Luke aurait effectué un pas de géant vers une future course de steeple-chase. Il posa son sac dans la sellerie et se dit que personne ne verrait les vêtements propres qu'il avait emportés dans l'optique de dormir dans l'une des chambres d'amis. Et même si quelqu'un les voyait, il pourrait dire qu'il les avait au cas où il se trempait ou se salissait durant la journée. Personne n'avait à savoir ce qu'il avait prévu.

Il effectua rapidement sa routine matinale, préparant King aussi vite que possible pour pouvoir commencer sa leçon. Lorsqu'il guida l'étalon jusqu'au manège, sellé et prêt pour l'entraînement, il sentit un frisson le parcourir en découvrant des barres au sol qui menaient jusqu'à deux obstacles.

— Tu es en avance, dit Clay en apparaissant derrière Luke, avant de lui donner un baiser rapide. Je ne peux pas assister au cours d'aujourd'hui, mais je sais que tu vas très bien t'en sortir. Je préférais te le dire moi-même au lieu que tu te demandes où j'étais.

Luke chassa son sentiment de déception. Clay avait des responsabilités autres que celle de le regarder apprendre à monter, même si le cheval qu'il montait était King. C'était déjà très généreux de sa part d'assister à plus de la moitié de ses cours.

— Je te vois ce soir ? demanda Luke en pensant aux vêtements propres dans son sac.

Il savait que la chambre d'amis était à sa disposition même si Clay n'était pas là, mais ce n'était pas la manière dont il voulait passer cette soirée.

— Oui. Je t'attendrai dans le cabanon lorsque tu auras terminé ta journée.

— Passe une bonne journée.

Luke vola un autre baiser à Clay avant qu'il parte. Il avait été surpris la première fois que Clay l'avait embrassé dans l'écurie, mais celui-ci avait insisté sur le fait qu'il n'avait pas honte de leur relation et qu'il ne s'en cacherait pas. Chaque baiser qui pouvait être vu par quelqu'un provoquait un frisson d'excitation chez Luke.

Il fit cesser ses pensées vagabondes, fit entrer King dans le manège et se mit en selle, ajusta la longueur des étriers et commença à faire des tours de manège au pas pour que l'étalon s'échauffe. Il contourna les barres au sol et les obstacles, ne sachant pas comment King réagirait. Il attendrait Joe afin que celui-ci lui explique comment les franchir.

— Bonjour, Luke, le salua Joe en entrant dans le manège. Prêt à commencer ?

— Fais-moi souffrir.

Joe secoua la tête.

— Je vais plutôt essayer de te faire savourer, d'accord ?

Joe le guida tout au long de l'échauffement et le fit trotter par-dessus les barres au sol. Luke s'était entraîné pour avoir une bonne position de saut d'obstacles, mais Joe lui demanda de continuer à trotter pour l'instant, afin que l'étalon ne considère pas les barres comme des obstacles à franchir.

— Relâche les rênes. Laisse-lui de l'espace, dit Joe après une demi-douzaine de tours.

Luke regarda Joe soulever deux barres et les fixer sur les chandeliers, formant un X si petit que King aurait certainement pu le passer sans même avoir à sauter.

— Pense à tout ce dont nous avons discuté, dit Joe. Nous allons commencer par franchir cet obstacle au trot. Cale-toi bien dans l'axe de l'obstacle. Il faut que tes jambes restent stables si tu ne veux pas qu'il fasse une embardée. Quand tu atteindras la première barre au sol, mets-toi en position de saut et laisse-le faire le reste. Ne te rassois pas avant qu'il ait terminé son saut.

— Comment saurais-je qu'il a terminé ?

Joe sourit.

— Tu le sauras.

Luke prit une profonde inspiration pour calmer ses nerfs, guida King jusqu'au fond du manège et partit au trot. Lorsqu'ils passèrent le virage, les oreilles de King se dressèrent.

— Garde une allure régulière, ordonna Joe. Ne lui donne pas la possibilité de se précipiter vers l'obstacle.

Luke ne sut pas s'il avait réussi à suivre ces instructions, mais King ne passa pas au galop, ce qui était certainement une bonne chose. Il arriva au niveau des barres au sol, se plaça en position de saut et se prépara à ce qui allait arriver. King se regroupa sous lui et vola par-dessus le X, bien plus haut que nécessaire. Luke tomba brutalement contre l'encolure de King en atterrissant, mais Joe avait raison à propos d'une chose : il comprit immédiatement que King avait terminé son saut.

— Je suis désolé, dit-il en faisant passer King au pas. Je sais que c'était brouillon.

— Tu es toujours sur le dos de King, répondit Joe. C'était peut-être brouillon, mais ce n'était pas un désastre. Tu t'es trop penché en avant. Si tu regardes le sol, tu termineras au sol. Trouve un point fixe sur le mur, au-delà de l'obstacle, et concentre-toi dessus. Recommence.

— **COMMENT** ça s'est passé ? demanda Clay lorsque Luke entra dans le cabanon en boitant ce soir-là.

Luke laissa échapper un rire bref.

— Je n'arrête pas de me dire que j'ai connu le pire et que je vais arrêter de marcher comme un vieil homme à la fin de chaque leçon, mais Joe continue d'ajouter de la difficulté et je retourne à la case départ.

Clay rit.

— C'est vrai qu'il n'est pas tendre, mais il obtient des résultats et c'est ce qui compte.

— Il a dit que j'étais un peu brouillon, mais que ce n'était pas un désastre, dit Luke avec le sourire. Pour un premier jour, ça me suffit.

— Veux-tu d'abord dîner ou aller dans le jacuzzi ? J'ai des brochettes d'agneau que nous pouvons faire griller quand nous serons prêts à manger et des pommes de terre à plonger dans les cendres. As-tu déjà mangé des pommes de terre cuites de cette façon ?

Luke fit non de la tête. Clay avait décidé de lui faire découvrir plein de nouveaux plats et aliments. Luke avait aimé chacun d'eux, sauf la salade d'endives.

— Tout ça semble délicieux, mais je pense que je devrais d'abord aller dans le jacuzzi. J'ai mal partout.

— Alors, va te changer. Tu peux te baigner pendant que je démarre le barbecue, puis nous pourrons manger dans le jacuzzi. Nous n'avons pas besoin d'être à table pour manger des brochettes et du maïs.

Luke se changea aussi rapidement que ses muscles fatigués le lui permirent et se glissa dans le jacuzzi pendant que Clay s'affairait sur son magnifique barbecue. La plupart des restaurants ne possédaient sûrement pas d'équipements aussi sophistiqués ; c'est ce qu'il récoltait en fréquentant un millionnaire. Il ferma les yeux et laissa l'eau chaude apaiser ses douleurs et ses courbatures. Lorsqu'il sentit des lèvres effleurer son front, il sortit de son sommeil et un souvenir lui revint.

— M'as-tu embrassé de cette manière dans l'écurie lorsque j'étais malade ?

Clay devint tout rouge, du col de sa chemise jusqu'à la naissance de ses cheveux.

— Je n'aurais pas dû. Tu étais presque inconscient à cause de la fièvre, mais tu étais tellement angoissé. J'espérais que ça te calmerait.

— Je pensais l'avoir rêvé. J'aurais aimé savoir que c'était réel. Nous avons perdu tellement de temps.

— Nous ne l'avons pas perdu. Nous avons passé une grande partie de ce temps ensemble, à apprendre à nous connaître. C'est une base solide pour ce que nous sommes en train de construire.

Luke se souleva et attira Clay vers lui pour lui offrir un baiser, leur position étrange faisant s'entrechoquer leurs dents.

— Tu comptes me rejoindre ? demanda Luke lorsque cette position inconfortable devint trop pénible.

— Oui, une fois que la nourriture sera prête. La cuisson ne sera pas longue et je ne veux pas que ça brûle parce que tu m'as distrait.

— Je ne ferai jamais ça, dit Luke en battant des cils avec un air innocent.

— Bien sûr que non. Tu ne ferais que m'embrasser, alors je devrais te rendre tes baisers, puis il y aurait toute cette peau nue que j'aurais envie de toucher et l'instant d'après, ces jolies brochettes seront devenues des morceaux de charbon. Donne-moi quinze minutes.

Luke fit la moue pour le taquiner, mais l'idée qu'il puisse distraire Clay avec des baisers et des caresses l'excitait secrètement. Il devait encore dire à Clay qu'il voulait rester ce soir. Et ensuite, il devrait décider quelle était sa limite. Clay avait été incroyable et ne l'avait pas poussé à offrir davantage que ce qu'il était prêt à donner. Luke n'était toujours pas prêt à avoir une relation sexuelle avec Clay, mais il était rentré de nombreuses fois chez lui en ayant besoin de se soulager sous la douche. Il pourrait certainement laisser Clay prendre soin de lui de cette manière et lui rendre la pareille sans que cela mène à autre chose.

— **IL** se fait tard, dit Clay en regardant le ciel s'assombrir.

— Tu me chasses de chez toi ? le taquina, Luke.

— Bien sûr que non, cependant je déteste t'imaginer conduisant ton scooter en pleine nuit, quand il est difficile pour les automobilistes de te voir. Je m'en voudrais si tu avais un accident en rentrant chez toi.

Luke prit une grande inspiration. Le moment de vérité était arrivé. Il pouvait admettre que Clay avait raison, sortir du jacuzzi et rentrer à la maison comme il le faisait tous les soirs ou bien il pouvait tenter sa chance et voir ce qui se passerait. Il s'éclaircit la gorge et sourit.

— Et si je voulais rester ?

Les yeux de Clay devinrent noirs dans la lumière tamisée, ce qui provoqua un frisson le long du dos de Luke. Ils avaient été si respectueux de l'espace de l'autre et avaient laissé du temps à leur relation pour qu'elle se développe. Il ne s'était pas inquiété de savoir si Clay était attiré par lui – tous leurs baisers le lui prouvaient –, mais en voir la preuve à cet instant estompa toutes ses dernières incertitudes. Clay se souleva de son siège et cloua Luke contre la paroi du jacuzzi. La pression du corps de Clay sur le sien lui fit ressentir des sensations inqualifiables. Il glissa plus profondément dans l'eau, se frottant contre Clay au passage.

Celui-ci laissa échapper un gémissement rauque et attrapa Luke par la taille, faisant se rencontrer leurs corps. La tête de Luke en tomba à la renverse. Il était entouré de la force de Clay. Il ondula dans ses bras, l'encourageant à continuer. Son partenaire explora tendrement son dos alors qu'ils se mouvaient ensemble. Les sens de Luke tourbillonnaient de besoin, de passion et de désir. Personne ne l'avait jamais fait se sentir ainsi et ils portaient encore un vêtement. Il n'arrivait même pas à imaginer ce qu'il ressentirait lorsque Clay les libérerait des barrières qui se trouvaient entre eux.

Il eut le souffle coupé lorsque Clay se frotta plus délibérément contre lui, montrant ce qu'ils pourraient faire lors d'une autre nuit dans un autre endroit. Il se cambra au rythme de ses poussées tout en sollicitant le confort familier de ses lèvres. Clay lui donna ce qu'il voulait en plaquant sa bouche sur la sienne dans un baiser qui fit disparaître toute pensée rationnelle de son esprit. Tout ce qui lui restait était les sensations : la chaleur de l'eau, les muscles fermes sous ses mains, le goût de la langue de Clay sur la sienne, le son de la respiration de Clay aussi laborieuse et erratique que la sienne.

Sa jouissance le prit de court et il se laissa retomber dans les bras de Clay. Au-dessus de lui, Clay trembla et s'effondra sur lui, son souffle chaud lui caressant le cou. Luke frissonna. Il retint la déclaration qui lui monta spontanément aux lèvres. Il aurait été tellement facile de dire ces mots, mais Clay aurait pensé qu'il ne les disait que sous le coup de la passion au lieu de croire qu'il s'agissait de réels sentiments. Il attendrait une prochaine fois et le dirait avant que son partenaire le rende fou de désir.

Clay frotta son nez contre sa mâchoire, ce qui le laissa espérer que son partenaire partage les mêmes sentiments que lui. Il tourna la tête, réclamant silencieusement un baiser. Clay le lui donna volontiers, faisant durer le plaisir avant de s'éloigner et de se lever.

— Nous devrions rentrer à l'intérieur pour nous nettoyer et tu devrais aller te coucher. Monter à cheval en étant fatigué n'est déjà pas une bonne idée, mais faire du saut d'obstacles en étant fatigué est la pire idée de toutes. Je ne veux pas qu'il t'arrive quelque chose.

— Tout ira bien, promit Luke, touché par l'inquiétude de Clay. Joe et King feront tout pour qu'il ne m'arrive rien.

Il suivit Clay hors du jacuzzi et récupéra son sac avant de se laisser guider à l'intérieur de la maison. Il avait déjà vu la cuisine lorsqu'il avait regardé Clay cuisiner, mais c'était la seule pièce de la maison qu'il connaissait. Clay ne lui proposa pas une visite, mais il avait clairement exprimé ce qu'il pensait de sa propre maison ; si Luke le lui demandait, il lui ferait visiter les lieux, mais ce n'était pas la manière dont Luke voulait passer le reste de sa soirée.

— Les chambres d'amis se trouvent au premier étage. Je vais devoir aller chercher des serviettes de bain. Ce n'est pas souvent que je reçois des visiteurs, alors je ne garde qu'une petite serviette pour les mains dans la salle de bain.

— Pas de problème. Je ne t'ai pas vraiment prévenu que j'allais rester.

Clay prit Luke dans ses bras et l'embrassa.

— Tu n'as pas à me prévenir. Je te demanderais simplement d'être patient si je dois mettre des draps sur ton lit et des serviettes dans ta salle de bain.

— Je serai aussi patient que tu le souhaites.

Clay l'embrassa à nouveau, brièvement cette fois-ci, et lui fit longer un couloir jusqu'à une chambre qui se trouvait tout au bout.

— Tu peux dormir ici ce soir, dit-il en ouvrant la porte et en allumant les lumières.

Il s'écarta pour laisser entrer Luke en premier, puis il le suivit à l'intérieur. Luke se figea un instant, se demandant ce que Clay allait faire, mais il traversa simplement la pièce pour fermer les rideaux.

— Je sais que tu dois te lever tôt, mais cela empêchera les lumières extérieures de perturber ton sommeil. La salle de bain se trouve derrière cette porte et si tu veux suspendre tes affaires, le placard est ici.

— J'ai apporté d'autres vêtements de travail, alors je ne vais pas avoir besoin de poser mes vêtements sur cintre. Mais je te remercie.

— Je t'en prie. Je vais te chercher une serviette de bain afin que tu puisses prendre une douche et te mettre au lit.

Une fois qu'il eut quitté la pièce, Luke posa son sac au pied du lit et ouvrit la porte de la salle de bain. Une belle baignoire montée sur pieds de griffon était installée contre un mur tandis qu'un lavabo sur piédestal et des toilettes se trouvaient de chaque côté de la fenêtre, de l'autre côté de la pièce.

— Et voilà, lança Clay en le surprenant.

Luke prit la serviette de bain et la posa sur le rebord de la baignoire. Il se frotta nerveusement les mains, ne voulant pas demander à Clay de partir, mais ne se sentant pas à l'aise à l'idée qu'il reste.

— Les escaliers menant au troisième étage se trouvent au fond du couloir. Si tu as besoin de quoi que ce soit durant la nuit, viens me trouver. Sinon, on se voit demain matin.

Luke le suivit jusqu'à la porte, un peu moins nerveux maintenant qu'il savait que Clay avait l'intention de dormir dans sa propre chambre.

À la porte, Clay se retourna et l'embrassa encore une fois, d'un baiser doux et tendre qui traduisait davantage le dévouement que la passion.

— Dors bien, chéri.

Luke s'appuya contre le chambranle de la porte pendant que Clay marchait le long du couloir pour rejoindre la porte qui menait aux escaliers. Il se retourna et lui lança un baiser. Luke marcha jusqu'à son lit avec le sourire aux lèvres.

Chapitre vingt et un

LUKE était en sueur après avoir effectué le trajet de chez Mme Twitchell jusqu'à la ferme, à cause de la chaleur de cette fin de mois d'août. Même si le soleil était à peine visible à l'horizon, il faisait déjà très chaud. Il déposa son sac dans son casier, comme il le faisait d'habitude, mais la petite boîte cachée au fond de son sac le tourmentait. Personne n'irait fouiller dans son sac s'il le laissait dans son casier. Quand bien même quelqu'un le ferait, il faudrait que cette personne dérange tous les vêtements propres pliés au-dessus de la boîte de préservatifs pour pouvoir les remarquer, mais Luke savait qu'ils se trouvaient là et c'était suffisant pour le faire trembler de nervosité.

Il faisait de son mieux pour ne pas tirer avantage de sa relation avec Clay lorsqu'il s'agissait de travail, mais juste cette fois, il s'autorisa à entrer dans le bureau et posa son sac derrière le meuble où étaient rangés les dossiers. Joe et Clay étaient les seuls qui utilisaient ce bureau. Joe ne remarquerait sûrement pas le sac et si Clay le trouvait, il comprendrait qu'il s'agissait de celui de Luke et n'y prêterait pas attention. Et s'il y prêtait attention, ouvrait le sac et trouvait les préservatifs, ce ne serait pas si grave étant donné que Luke avait l'intention de les lui montrer ce soir, de préférence après deux verres de vin, beaucoup de baisers et une déclaration. Cela faisait des mois qu'ils attendaient. Clay avait patienté afin de ne pas heurter la sensibilité de Luke. Même si Clay n'en avait rien dit, Luke avait remarqué qu'il avait de plus en plus de mal à quitter la pièce lorsqu'il restait dormir dans la chambre d'amis. Ce soir, il n'aurait pas à le faire. Ce soir, Luke l'inviterait à rester.

Il se dépêcha d'effectuer la routine matinale de King et ils se rendirent au manège où ils trouvèrent Joe sellant un autre cheval.

— Que se passe-t-il ?

— Nous allons nous promener, répondit Joe. Tu as fait de grands progrès dans le manège. Il est temps de voir comment tu t'en sors sur un parcours de steeple-chase. King est un cheval de course, pas un cheval de concours. En selle !

Luke se hissa sur le dos de King et suivit la monture de Joe hors du manège et jusque dans les champs. Ils galopèrent à travers une grande pâture. Le soleil tapait au-dessus de leur tête, mais Luke s'en moquait. Il montait King sans aucun mur pour l'arrêter. Le vent caressait son visage, faisant disparaître la transpiration avant même qu'elle ait le temps d'apparaître. Il voulait hurler son plaisir, mais cela surprendrait King et il ne

voulait rien faire qui puisse donner une raison à Joe de
ne pas renouveler ce genre de sortie.

Lorsqu'ils atteignirent enfin le parcours de steeple-
chase, Joe fit ralentir son cheval et Luke fit de même.
King remua la tête, voulant clairement se rendre sur la
piste.

— Il reconnaît le parcours, dit Luke.

— En effet, acquiesça Joe. Ce qui signifie qu'il
va te mâcher le travail, parce qu'il se rappelle l'avoir
fait avec Nick. Il s'est habitué à prendre soin de toi à
l'intérieur du manège, mais il est impossible de savoir
s'il va se souvenir de le faire ici.

— Je vais faire attention, promit Luke. Que veux-
tu que je fasse ?

— Un saut à la fois. Nous allons franchir chaque
obstacle plusieurs fois jusqu'à ce que tu sois à l'aise sur
chacun d'eux. Nous ne sommes pas obligés de faire le
parcours dans son entièreté, encore moins de franchir
plus d'un obstacle à la fois. Nous devons aussi analyser
les réactions de King.

— Au trot ou au galop ?

— Tu penses vraiment que tu pourrais le forcer à
rester au trot ? demanda Joe avec un sourire. Considère-
toi comme chanceux s'il ne les franchit pas au grand
galop. Il est dressé pour effectuer ce type de courses.

Ce n'était pas vraiment rassurant, mais Luke ferait
de son mieux.

— Il n'a pas essayé d'accélérer quand nous avons
galopé jusqu'ici, dit-il, davantage pour se rassurer lui-
même que pour le dire à Joe.

— Non, tu as raison. Il n'a pas accéléré. Maintenant,
tu vas partir et faire une boucle pour prendre de la
distance avant de te diriger droit vers l'obstacle.

Donnez-vous le temps de trouver votre rythme avant de franchir votre premier obstacle.

Luke observa la première barrière. Elle n'était pas vraiment haute selon les standards du steeple-chase et ils avaient franchi des obstacles plus élevés dans le manège, mais ceux sur lesquels ils s'étaient entraînés étaient des obstacles mobiles et lorsque King avait mal jugé la hauteur de l'obstacle, les barres étaient tombées. La haie sur cet obstacle ne serait pas aussi tolérante. Il prit une profonde inspiration et s'éloigna de l'obstacle avec King pour s'aligner. Comme l'avait averti l'entraîneur, King accéléra brusquement lorsque Luke l'aligna pour le saut, mais il reprit le contrôle de sa monture et fit de nouveau une boucle. Cette fois-ci, King maintint un galop souple et franchit l'obstacle.

— Joli, lança Joe. Fais demi-tour et recommence.

Luke effectua le même saut quatre fois de suite avant que Joe accepte de le laisser passer au suivant.

— Nous allons aller d'obstacle en obstacle au pas. Ça va permettre à King de respirer un peu, mais il va aussi comprendre qu'il n'est pas en train de faire une course. Si nous étions en train de nous entraîner pour une course, nous ne passerions jamais au pas.

Les obstacles suivants étaient des variations du premier. Leur hauteur, leur largeur et leur composition étaient différentes, mais ils étaient simples d'approche, ne demandaient qu'un saut et la sortie se faisait en douceur. Ils finirent par atteindre la rivière.

— King a toujours détesté cet obstacle, l'avertit Joe. Il y a de fortes chances pour qu'il fasse un refus la première fois. Utilise bien tes jambes pour l'encourager à avancer. Moins tu le laisseras refuser de sauter, mieux ce sera.

— Compris.

Luke se mit en place, fit partir King au galop et se focalisa sur un point de l'autre côté de l'obstacle, au-delà de l'eau. King galopa jusqu'à la haie et planta ses sabots dans le sol ; la cessation brusque du mouvement entraîna Luke vers l'avant. Il se stabilisa en s'accrochant à la crinière de King.

— Contourne l'obstacle et amène-le dans l'eau. Fais-lui comprendre que l'eau ne peut pas le blesser.

Luke hocha la tête et guida King de l'autre côté de l'obstacle. King protesta, mais il finit par mettre ses sabots dans l'eau.

— Bien. Maintenant, réessaye pour voir s'il veut bien franchir l'obstacle.

Luke fit faire demi-tour à King et se prépara pour un autre refus, mais cette fois-ci, l'étalon ne se déroba pas.

— Bien. Encore une fois.

Lorsqu'ils eurent franchi la rivière une demi-douzaine de fois, Joe décida qu'il était temps de passer au prochain obstacle. Il guida Luke au-delà de l'obstacle suivant.

— Nous n'allons pas sauter celui-ci ? demanda-t-il.

— Pas maintenant. Ce genre d'obstacle – où le terrain d'atterrissage est plus élevé que le terrain de départ – est celui sur lequel Nick a chuté. King est déjà sur les nerfs à cause de la rivière, alors je ne veux pas y ajouter de mauvais souvenirs. Nous essayerons de le franchir en dernier.

Lorsqu'ils arrivèrent à l'obstacle suivant, Joe demanda à Luke d'en faire le tour.

— La difficulté de celui-ci est l'atterrissage. Le terrain est bien moins élevé au point d'arrivée qu'au point de départ. C'est l'opposé de celui que nous venons de passer. Tu ne dois pas te placer trop en avant sur ta selle ou bien toi et King risquez de chuter. Il aura besoin que tu fasses contrepoids pour le stabiliser lorsqu'il effectuera une descente plus longue qu'il ne s'y attend.

Luke hocha la tête. Il s'était familiarisé avec le saut d'obstacles depuis qu'il avait commencé à s'entraîner, mais cela semblait être bien plus difficile que tout ce que Joe lui avait demandé de faire dans le manège. Ce soir, le jacuzzi lui ferait le plus grand bien.

Il aligna King et partit en direction de l'obstacle. King sauta. Lorsqu'ils passèrent l'obstacle, Luke fit de son mieux pour se pencher en arrière sur sa selle, mais ils continuèrent à tomber. Le sol n'était pas là. Son pied gauche sortit de l'étrier et il perdit l'équilibre. Il se précipita vers le sol.

— **NE** bouge pas.

Les paupières de Luke vacillèrent lorsqu'il essaya de les faire coopérer. Il avait mal partout. Où était… ? Tous ses souvenirs ressurgirent. L'obstacle où le terrain était moins élevé à l'arrivée, la perte de son étrier et la chute. Il laissa échapper un long geignement.

— Ça fait mal.

— Ne bouge pas, répéta Joe. J'ai appelé les secours. L'ambulance ne va plus tarder.

— Je n'ai pas besoin d'une ambulance, dit-il en commençant à s'asseoir.

— Reste tranquille, insista Joe. Tu as perdu connaissance pendant une minute. Je préfère ne pas prendre de risque.

— C'est ridicule. Oui, j'ai mal, mais je sens chaque partie de mon corps.

— Ça signifie seulement que, pour le moment, aucune fracture n'a endommagé ta colonne vertébrale. Cela ne veut pas dire que tu n'as rien de cassé. Peut-être que j'en fais trop, mais j'ai déjà perdu un ami dans une mauvaise chute. Je ne veux pas en perdre un autre.

Luke soupira et cessa d'essayer de s'asseoir.

— Où est King ?

— De l'autre côté de l'obstacle, là où il ne peut pas te voir. Tu as déjà perdu connaissance à ses pieds une fois. Il n'a pas besoin de le voir une seconde fois.

Luke ferma les yeux face au soleil qui brillait sur son visage.

— Non, ne ferme pas les yeux. Ne t'endors pas et parle-moi.

— Je veux bien te parler, mais le soleil me fait mal aux yeux et tu refuses de me laisser bouger. Tu devrais appeler l'écurie pour demander à quelqu'un de venir chercher King. Je pense toujours que je n'ai pas besoin d'une ambulance, mais King ne devrait pas avoir à subir les sirènes et les gyrophares. Il est assez traumatisé comme ça.

—J'ai appelé juste après avoir prévenu les secours. Quelqu'un arrivera bientôt pour le ramener à l'écurie.

Le son d'une porte claquée capta l'attention de Luke. Il voulait ouvrir les yeux pour voir qui c'était, mais Joe le gronderait. Il attendit aussi patiemment que possible pendant que Joe se levait et faisait de grands signes à quelqu'un.

— Que s'est-il passé ? demanda Clay en apparaissant devant lui, le visage pâle et les yeux écarquillés.

— Luke a fait une petite chute. J'ai déjà appelé l'ambulance, mais il est conscient, il parle et il se plaint parce que je refuse de le laisser se lever pour se dépoussiérer.

Le visage de Clay se durcit.

— Tu ne bouges pas jusqu'à ce que l'ambulance arrive et tu fais ce que l'ambulancier te demande de faire. Peut-être que tu as raison et que tu vas bien, mais tu dois être ausculté pour t'en assurer.

Le ton utilisé par Clay agaça Luke, mais il prit une grande inspiration pour éviter de lui répondre désagréablement. Clay avait déjà vécu cette situation et avait tout perdu. Il était normal qu'il prenne des précautions.

— Joe m'a déjà fait la leçon. Je ne discute plus.

— Bien. Je vais ramener King à l'écurie.

Clay tourna les talons et alla chercher King avant que Luke puisse dire autre chose. Il ignora le pincement au cœur qu'il ressentit en se disant qu'il était moins important aux yeux de Clay que son cheval. Clay avait besoin de temps pour digérer la chute de Luke, même si elle était légère. Ils pourraient discuter plus tard. Par contre, les préservatifs devraient attendre une autre nuit, parce qu'il aurait certainement trop mal pour faire quoi que ce soit d'athlétique. Il pourrait toujours dire à Clay qu'il l'aimait et ils pourraient dormir ensemble. Ce serait suffisant pour ce soir.

LORSQUE Luke rentra à Bywater Farm, il avait perdu sa journée entière, mais ses résultats étaient positifs : le scanner n'avait rien décelé, sa colonne vertébrale était en bon état et tous les tests qu'ils avaient faits pour vérifier s'il avait une commotion cérébrale étaient revenus négatifs. Les docteurs avaient demandé à Luke de ne pas passer la nuit seul et de demander à quelqu'un de le réveiller toutes les heures pour vérifier qu'il n'en développait pas une. Mis à part cela, il était courbaturé, couvert d'hématomes, mais il allait bien. D'un autre côté, c'étaient peut-être les antidouleurs qui lui faisaient dire cela. À en croire l'état dans lequel il était, ils avaient dû lui prescrire quelque chose de fort.

— Clay ? appela-t-il lorsqu'il trouva toutes les lumières du cabanon allumées.

Il n'avait jamais eu autant besoin du jacuzzi que ce soir. Cependant, il devait d'abord aller trouver Clay. Il entra dans la cuisine et l'appela à nouveau.

— Ici, entendit-il Clay répondre.

Il suivit le son de sa voix jusque dans le salon réservé aux réceptions. Clay n'avait allumé aucune lumière, laissant la pièce dans l'obscurité.

— Que fais-tu dans cette pièce ? demanda Luke.

— Je réfléchis, répondit Clay sur un ton sec. Qu'ont dit les docteurs ?

— Que je vais bien. Pas de blessure, ni même de commotion, mais tu vas devoir me réveiller toutes les heures durant la nuit afin de vérifier que ça n'empire pas.

Il voulait se rapprocher de Clay et le prendre dans ses bras. Son patron semblait très triste, mais la tension étrange qui régnait dans la pièce empêcha Luke d'avancer.

— Tu devrais expliquer tout ça à Mme Twitchell, répondit Clay. Tu pourrais dormir dans sa chambre d'amis pour qu'elle ne soit pas obligée de monter les escaliers.

— Quoi ? Je n'avais pas l'intention de rentrer à la maison ce soir. Je pensais rester ici.

— Ça ne va pas être possible ce soir.

Clay se leva de son siège et s'approcha d'une fenêtre.

— Rentre chez toi, Luke.

— Pourquoi ne serait-ce pas possible ? Ça n'a jamais posé de problème.

Clay se détourna de la fenêtre.

— Car je ne veux pas de toi ici. C'était une erreur, Luke. C'est fini. Rentre chez toi.

La douleur qui transperça la poitrine de Luke n'avait rien à voir avec sa chute.

Fini.

Clay le jetait comme s'il était un moins que rien. Comme si la prévenance dont ils avaient fait preuve ces derniers mois n'avait aucune valeur. Comme si les caresses tendres et les baisers passionnés qu'ils avaient échangés avaient été des erreurs. Luke avait cru que Clay était différent, mais il avait eu tort. Peut-être que Clay ne le considérait pas seulement comme un joli minois, mais il ne voulait pas non plus de tout ce que Luke avait à offrir.

— Pourquoi ? demanda Luke. Réponds au moins à cette question.

— Lorsque je t'ai vu allongé sur le sol, tous les souvenirs de Nick sur l'herbe, piétiné au point qu'il en était méconnaissable sont remontés à la surface. Ils nous ont dit qu'il s'était brisé le cou lors de la chute et qu'il n'avait pas senti tous ces sabots le réduire en miettes, comme si c'était une consolation, dit Clay d'une voix si rauque qu'elle lui brisa le cœur. Je ne peux pas revivre cela. Je suis désolé.

— Je vais bien. Regarde, je suis ici. Les docteurs ont dit que j'étais en parfaite santé.

— Cette fois-ci, pourtant qu'en sera-t-il la prochaine fois que tu feras une chute ? Ou la fois d'après ? Si tu continues à monter à cheval, tu finiras par tomber. C'est inévitable. Je ne peux pas le supporter. Rentre chez toi.

— Ai-je encore un travail ? demanda Luke de manière concise.

— Si ça ne te dérange pas de continuer à travailler pour moi, oui, répondit Clay. King t'adore. Je ne vais pas lui retirer son cavalier.

King n'était pas le seul dont Luke se souciait, mais il ne pouvait pas forcer Clay à retourner ses sentiments. Il regarda une dernière fois Clay avec attention, puis il tourna les talons pour dissimuler les larmes qui étaient sur le point de couler. Il n'avait pas le temps de se lamenter sur son sort. Il devait encore rentrer à la maison.

Chapitre vingt-deux

— **LUKE,** viens prendre le thé, dit Mme Twitchell lorsqu'il rentra à la maison deux semaines plus tard.

Elle lui proposait le thé tous les jours, mais il refusait à chaque fois.

— Il fait trop chaud pour boire du thé.

— Alors, viens t'asseoir avec moi pendant que je bois mon thé. Aujourd'hui, je ne vais pas te laisser refuser.

Luke soupira et retira ses bottes pleines de boue. Il s'assiérait, la laisserait le dorloter, puis s'éclipserait là-haut pour panser ses blessures. Il n'avait pas vu Clay depuis la nuit de leur rupture. S'il était passé à l'écurie, cela n'avait pas été pendant que Luke s'y trouvait. Joe n'avait pas mentionné de voyage d'affaires, mais Luke n'avait pas non plus posé la question. Il n'avait pas voulu savoir. S'il prétendait qu'il était en voyage d'affaires, il pouvait espérer le revoir lorsqu'il reviendrait à la maison. Leurs soirées ensemble lui manquaient. Bien entendu, le jacuzzi lui manquait – son corps protestait contre la perte du bien-être fourni par l'eau chaude –, mais ce qui lui manquait le plus était leurs conversations et leur relation.

— Peux-tu me dire ce qui ne va pas depuis quelques jours ? demanda Mme Twitchell lorsqu'il s'assit.

Il ignora la tasse de thé qu'elle posa devant lui. Il faisait vraiment trop chaud pour en boire, même dans la cuisine rafraîchie par l'air conditionné.

Luke haussa les épaules.

— La chaleur me met de mauvaise humeur.

— Ça n'explique pas pourquoi tu passes la plupart de tes soirées à la maison alors qu'avant tu dînais dehors la moitié du temps.

— Clay a rompu avec moi, dit-il placidement. Après ma chute de King. Il n'a pas supporté tous les souvenirs que ça lui a rappelés.

— Oh, Luke, je suis désolée. Tu aurais dû me le dire.

— Cela n'aurait rien changé. J'essaye de l'oublier et d'avancer.

— Tu aurais quand même dû me le dire. Tout le monde a besoin d'une épaule sur laquelle pleurer de temps à autre.

Luke haussa les épaules. Cela n'aurait rien changé ; cela ne lui aurait pas rendu Clay.

— As-tu pensé à arrêter le saut d'obstacles ? demanda Mme Twitchell. Si c'est ce qui a engendré votre rupture, ne plus faire de saut d'obstacles pourrait arranger les choses.

— J'y ai pensé, mais s'il a tellement peur que quelque chose m'arrive, que voudra-t-il que je cesse de faire la prochaine fois ? De conduire mon scooter ? De traverser la rue ? Il ne peut pas m'envelopper dans du film à bulles pour me protéger. Je deviendrai fou. Il doit comprendre que je peux me blesser, même gravement, qu'importe ce que je fais. J'ai plus de chances de mourir dans un accident de voiture ou à la suite d'un cancer que de mourir suite à une chute de cheval.

— C'est tout le problème avec les craintes. Elles ne sont pas rationnelles. Clay n'a pas perdu son amant à cause d'un cancer ou d'un accident de voiture. Il a perdu son amant lors d'une course hippique. Perdre un autre amant de la même manière serait bien pire que de le perdre d'une autre façon. Mais peut-être que c'est mieux ainsi. Comme on dit : un de perdu, dix de retrouvés.

Intellectuellement, Luke était d'accord avec elle, mais ce n'était qu'un léger réconfort lorsqu'il s'effondra dans son lit après avoir passé une autre journée à chercher inutilement Clay, se demandant s'il était passé à l'écurie, se demandant s'il se souciait encore de lui. Se demandant si quelques-uns des moments qu'ils avaient partagés avaient été sincères. Cela ne l'aida pas à atténuer la douleur qu'il avait ressentie en entendant Clay se référer à lui comme à une erreur. Cela ne l'aida pas à cesser d'aimer une personne qui ne l'aimait pas en retour. Sa seule consolation, si l'on pouvait l'appeler ainsi, était de ne pas s'être totalement donné à Clay avant leur rupture. S'il avait mené ses projets à bien cette nuit-là et que Clay avait rompu avec lui ensuite, cela aurait été encore plus difficile.

— Je le suppose, dit-il lorsqu'il comprit qu'elle attendait une réponse. Je n'ai jamais été amoureux avant lui. C'est facile de dire que je vais m'en remettre et trouver la personne que je suis réellement censé aimer, mais pour l'instant, ce n'est pas ce que je ressens.

— C'est toujours le cas après une rupture, mais le temps guérit ces blessures.

— Alors pourquoi n'a-t-il pas guéri celles de Clay ? demanda Luke, sentant les larmes lui monter aux yeux.

— Oh, mon chéri, personne d'autre que Clay ne peut répondre à cette question. Peut-être que même lui ne connaît pas la réponse. Toutes les blessures ne guérissent pas au même rythme. Guérir demande des efforts de la part de la personne qui est blessée, des efforts qu'elle n'est peut-être pas prête à faire. Certaines personnes s'accrochent à la douleur pour éviter d'être à nouveau blessées. A-t-il fréquenté quelqu'un d'autre que toi depuis qu'il a perdu son partenaire ?

Luke fit non de la tête.

— Les relations pansement sont toujours compliquées. Tout le monde doit se remettre en selle après une séparation, mais le premier essai n'est pas souvent concluant. Laisse-le partir. Laisse-toi du temps pour te remettre de cette rupture. Et trouve une personne qui t'aimera pour ce que tu es. Tu as presque terminé de rembourser tes dettes, n'est-ce pas ?

Luke acquiesça.

— Alors tu peux te permettre de reprendre une vie sociale.

Le verbe « reprendre » n'était pas vraiment approprié. Il n'avait jamais eu de vie sociale jusqu'à sa rencontre avec Clay, mais elle n'avait existé que dans leur petite bulle autour du jacuzzi, seulement entre eux deux, protégés de toute influence extérieure. Cela aurait probablement dû lui mettre la puce à l'oreille. Clay lui avait proposé une ou deux fois de sortir, mais Luke avait refusé et Clay n'avait pas insisté. Il n'était pas aussi sophistiqué que Clay, mais il pouvait avoir une vie sociale. Il pouvait sortir, rencontrer des personnes et peut-être même attirer l'attention d'un homme qui ne ferait pas de crise de panique en le voyant monter à cheval.

— Oui, vous avez raison. Il est temps que j'arrête de me lamenter sur mon sort et que je prenne ma vie en main.

DEUX semaines plus tard, Luke déposa son sac dans son casier et alla voir comment se portait King. Lorsqu'il atteignit sa stalle, il fut bouleversé de la trouver vide. Il n'avait pas vu King dans son paddock en arrivant. Le cœur battant, il se précipita jusqu'au portail de l'écurie pour vérifier s'il était dehors. Il avait verrouillé la porte de la stalle la nuit dernière. Il en était certain. Si King était sorti, quelqu'un avait forcément ouvert la porte pour le laisser s'enfuir. Il était impossible que quelqu'un ait fait cela délibérément.

Le paddock était aussi vide qu'il l'avait imaginé. Peu importe où se trouvait King, ce n'était pas ici. Luke vérifia rapidement les autres stalles, au cas où quelqu'un l'aurait placé autre part pour une quelconque raison. Il ne comprenait pas pourquoi quelqu'un aurait fait cela, mais des choses plus étranges étaient arrivées. Toutes les stalles étaient soit vides, soit occupées par leur résident habituel.

— Où es-tu King ? marmonna-t-il.

Il vérifia l'enclos à saillie et le paddock auquel celui-ci était rattaché, même si ce n'était pas la bonne saison et que personne n'avait parlé de prendre un échantillon de sperme à King pour le congeler.

La fausse jument apparut devant lui lorsqu'il alluma, mais King n'était pas non plus dans cette salle.

Sans réfléchir, il fit un détour par le manège. Ce serait le dernier endroit qu'il vérifierait avant d'alarmer qui que ce soit. Il arriva près de la porte et se figea. Clay se tenait au centre du manège avec King. Luke voulut dire quelque chose, mais Clay avança vers King et glissa ses bras autour de son encolure.

Luke savait qu'il n'avait rien à faire ici, mais il avait tellement voulu apercevoir Clay. Même si cela était douloureux de le voir, il ne pouvait pas décrocher son regard de lui. Les épaules de Clay tremblèrent. King inclina la tête jusqu'à ce que son menton soit posé sur le dos de Clay ; cela ressemblait à un câlin donné par un cheval. Il pleura en voyant les deux êtres vivants qu'il aimait le plus au monde ensemble. Il aurait donné n'importe quoi pour avoir le droit de s'approcher de Clay et d'ajouter son réconfort à celui de King. Il pourrait cesser de s'entraîner à faire des courses avec King. Cela en vaudrait la peine s'il pouvait faire partie de ce tableau.

Clay s'éloigna de King et le guida jusqu'à un montoir au fond du manège. Luke retint son souffle lorsque Clay plaça l'étalon auprès du montoir et se hissa sur la première marche. Luke ne pouvait pas les interrompre. Clay avait clairement fait comprendre qu'il n'avait pas l'intention de remonter à cheval et pourtant, il se trouvait ici avec King et y réfléchissait sérieusement. Luke aurait dû partir, mais il devait savoir si Clay allait le faire. King tourna la tête pour regarder son propriétaire, ne comprenant manifestement pas ce qui lui prenait tant de temps. Clay frotta les oreilles de l'étalon et monta sur la seconde marche. Il attendit tellement longtemps sur cette marche que Luke eût peur qu'il n'y arrive pas, mais il finit par jeter sa jambe par-dessus le dos nu de King et s'installa à califourchon sur l'étalon.

Luke ne pouvait pas en être sûr à cette distance, mais il aurait juré avoir vu des larmes couler le long des joues de Clay alors qu'il était installé sur King avec la longe dans sa main, sans bride, sans selle, sans rien pour les séparer. Il se pencha en avant et enroula ses bras autour de l'encolure de King, son corps tout entier tremblant.

Luke essuya ses joues mouillées. Il voulait se précipiter au sein du manège et célébrer cette victoire avec Clay, mais il n'avait plus ce droit. Au lieu de cela, il traversa la passerelle qui menait à l'écurie et les laissa seuls afin qu'ils refassent connaissance. Il pouvait s'installer dans la sellerie jusqu'à ce que Clay ramène King dans sa stalle et prétendre qu'il n'avait rien vu. Si Clay voulait qu'il soit au courant, il le lui dirait – ou demanderait à Joe de le lui dire.

Heureusement, il ne rencontra personne sur le chemin de la sellerie. Il s'assit à même le sol, dans un coin de la sellerie où les employés auraient peu de chance de le trouver s'ils entraient. Cela dit, si l'on en croyait les bruits matinaux, ils étaient déjà en train de travailler avec leurs chevaux. Il avait encore mal au cœur d'avoir vu Clay avec King. Il voulait tellement faire partie de cette histoire. Clay lui manquait constamment. Il passait son temps à retenir des histoires amusantes pour les raconter à Clay le soir, seulement pour se rendre compte qu'ils n'allaient pas se retrouver et que même s'il le croisait, Clay ne voulait plus connaître les détails de sa journée. Il avait été clair sur ce point.

Il adorait monter King, mais il commençait à se demander si cela valait la peine de perdre Clay. S'il demandait à Joe de trouver un autre jockey pour King, il aurait peut-être une chance de se remettre en couple avec Clay. Ce serait un sacrifice, mais il pourrait encore le monter de temps en temps ; il devrait simplement arrêter de faire du saut d'obstacles et des courses. Il n'était pas tombé une seule fois en s'entraînant sur un terrain plat. Faire du steeple-chase était quelque chose de très excitant, mais cela n'avait rien à voir avec l'excitation qu'il ressentait en étant avec Clay.

Décidé, il se mit debout, essuya son visage et partit à la recherche de Joe.

Chapitre vingt-trois

LE lendemain matin, Luke était en train de longer King lorsque Clay entra sans prévenir dans le manège.

— Ramène-le à l'écurie et retrouve-moi au bureau.

Luke déglutit difficilement et fit passer King au pas. Il ne prit pas son temps pour remettre l'étalon dans sa stalle, mais il ne se précipita pas non plus. Il ne voulait pas effrayer King. Il pensait que cette confrontation aurait eu lieu le jour précédent. Joe avait certainement attendu que Luke termine sa journée avant de le dire à Clay.

— Tu voulais me voir ? demanda-t-il en entrant dans le bureau.

Clay était appuyé contre le bureau lorsqu'il entra, mais dès qu'il ferma la porte, l'homme s'écarta du bureau et commença à rôder dans la pièce comme un

prédateur en cage. Le frisson qui parcourut le corps de
Luke n'avait rien à voir avec la nervosité qu'il ressentait
à l'idée de la conversation qu'ils allaient avoir.

— Depuis quand refuses-tu de monter King ?
demanda Clay.

La gorge de Luke se serra, mais il se ressaisit et
regarda Clay droit dans les yeux. Le moment de vérité
était arrivé. Il pouvait déballer ce qu'il avait sur le
cœur et espérer gagner celui de Clay ou il pouvait agir
lâchement et ne jamais savoir ce qu'il en était de leur
relation.

— J'adore monter King. J'adore le saut d'obstacles,
la vitesse et tout ce que comprend cette discipline, mais
tu m'as clairement fait comprendre que si je voulais
vivre cette passion, je devais renoncer à toi. Je pourrais
être têtu et partir, mais je n'en ai pas envie. Les mois
que nous avons passés ensemble sont les plus beaux de
ma vie et si je dois abandonner l'idée de monter King
pour être avec toi, ce ne sera qu'un petit sacrifice.

Clay secoua la tête.

— Non, tu ne peux pas faire ça.

— Je ne crois pas que tu puisses m'en empêcher. Tu
peux réduire mon salaire. Tu peux même me licencier.
Mais le choix de monter à cheval me revient.

— Tu ne devrais pas avoir à abandonner quelque
chose que tu aimes pour moi.

— Non, tu as raison, mais j'ai le choix entre
abandonner une discipline que j'aime ou une personne
que j'aime. Je pourrais continuer à travailler avec King
sans le monter, si tant est que tu ne me licencies pas.
Je peux même continuer à le monter sans faire de saut
d'obstacles. Je ne suis pas obligé de me séparer de lui
complètement. Je dois simplement ne pas le monter
dans une course de steeple-chase.

— Alors qui le fera ?

Luke voulut lever les yeux au ciel et demander pourquoi cela importait alors qu'il venait de lui dire qu'il l'aimait, mais se mettre en colère ne résoudrait rien. Il répondrait aux questions de Clay et exigerait quelques réponses ensuite.

— Tu trouveras quelqu'un. King va beaucoup mieux. Il n'attaque pratiquement plus les autres palefreniers désormais, même quand je ne suis pas dans les parages. Vous pourriez trouver un autre jockey avec lequel il pourrait s'entraîner, une personne assez expérimentée pour ne pas tomber. Ou tu pourrais le monter.

— Tu nous as vus ? demanda Clay avec une telle désolation que Luke brûla d'envie de le réconforter.

— J'arrive tous les matins avant six heures. King n'était pas dans sa stalle, alors je suis parti à sa recherche.

— Alors tu as vu qu'il m'a fallu une demi-heure pour trouver le courage de m'asseoir sur son dos. Je ne serai jamais capable de le monter lors d'une course. C'était censé être ton travail.

— En effet, mais certaines choses sont devenues plus importantes que le travail. *Tu* es devenu plus important que le travail. J'étais sous l'influence des antidouleurs et trop choqué pour me défendre le soir où tu m'as chassé. Ensuite, j'étais trop blessé pour penser clairement.

— Je n'ai jamais voulu te blesser, mais je t'ai vu allongé au sol et tous les souvenirs sont remontés à la surface. J'ai paniqué. Et ensuite, je me suis dit que tu serais mieux sans moi. Je ne suis pas un cadeau avec tous mes problèmes, mes complexes et mes souvenirs. Tu es jeune, beau et tu pourrais obtenir l'amour de n'importe qui. Tu n'as aucune raison de te contenter de moi.

— Si c'était vrai, je pourrais être d'accord, mais si quelqu'un est désavantagé dans cette relation, c'est toi. Je ne suis personne. J'ai même eu du mal à terminer le lycée. La seule chose que je peux revendiquer, c'est ma beauté, mais ça n'a de valeur que si la personne en face de moi est trop superficielle pour voir au-delà des apparences.

— Ce n'est pas vrai, répliqua Clay avec véhémence. Tu es la personne la plus gentille que je connaisse. Rappelle-toi la vitesse à laquelle King s'est attaché à toi. Ou bien pense à Mme Twitchell. Tout le monde s'attendrait à ce que tu te lasses de prendre le thé ou de dîner avec elle plusieurs fois par semaine. N'importe qui serait chanceux d'être avec toi.

— Et toi ?

Le cœur de Luke se mit à battre la chamade lorsqu'il posa cette question. S'il disait non, tout cela n'aurait servi à rien.

— Serais-tu chanceux d'être avec moi ?

Clay prit Luke dans ses bras et l'embrassa de manière brutale et avide. Luke lui rendit son baiser, s'accrochant aux épaules larges de Clay et mettant tout son cœur à l'œuvre. Le mélange de peur, de désir et de solitude qu'il avait ressenti ces dernières semaines nourrit son envie jusqu'à ce qu'il soit enroulé autour de Clay telle une vigne, en désirant davantage.

— Je serais bien plus chanceux que je le mérite, répondit Clay lorsqu'ils s'écartèrent enfin l'un de l'autre pour respirer.

— Mais l'amour n'a rien à voir avec le mérite, n'est-ce pas ? dit doucement Luke, sa respiration toujours laborieuse suite aux baisers de Clay.

— Non, tu as raison. Peux-tu me pardonner ?

— Je suis ici, non ? répondit Luke. J'aimerais juste que tu me promettes de me parler la prochaine fois que quelque chose te tracassera au lieu de rompre avec moi.

Clay l'embrassa, moins avidement cette fois, lui laissant espérer que cette discussion aurait des retombées positives. De son côté, Luke était simplement heureux de se retrouver dans les bras de son partenaire. Il savoura la sensation du corps de Clay contre le sien et la chaleur qu'il sentait monter entre eux.

— Je devrais retourner travailler, finit par dire Luke.

— Oui, j'ai entendu dire que ton patron était un véritable enfoiré, plaisanta Clay. Passeras-tu à la maison ce soir, une fois ta journée terminée ? Nos dîners me manquent.

— Le jacuzzi me manque, le taquina Luke.

Clay voulut lui mettre une fessée, mais Luke esquiva son geste en riant. Il se sentait beaucoup plus léger.

— Oui, je passerai à la maison ce soir.

Luke déposa un dernier baiser sur ses lèvres et se dirigea vers la porte.

— Luke ?

Celui-ci se retourna en entendant son prénom.

— Je t'aime aussi.

LE souvenir des mots prononcés par Clay fit sourire Luke durant toute la journée. Même lorsqu'il croisa Dougherty en allant dans une autre écurie pour récupérer quelque chose pour Joe, sa bonne humeur ne vacilla pas. Il termina de s'occuper de King, attrapa son sac et se dirigea vers chez Clay, espérant que la soirée se déroulerait aussi bien que la matinée.

Il ne faisait pas encore nuit, alors les lumières de la piscine n'étaient pas allumées, mais Luke pouvait voir Clay se déplacer à l'intérieur.

— Qu'allons-nous manger ? demanda-t-il en entrant.

— Du steak et des pommes de terre au four. Quelque chose que je peux mettre au barbecue sans avoir à y prêter trop d'attention pendant que nous discutons.

— Devons-nous encore discuter ? Je pensais que nous avions mis la plupart des choses au clair ce matin.

— Nous n'avons pas tout mis au clair. Le barbecue est presque prêt. Tu peux aller te changer. Je te rejoins dès que les pommes de terre seront mises au four. Elles prennent beaucoup plus de temps à cuire que les steaks.

Luke n'avait pas emporté de vêtements. Il avait espéré que sa conversation avec Joe lui permettrait d'avoir une conversation avec Clay, mais il avait préféré ne pas se préparer à passer la nuit à la ferme. Lorsque Clay n'était pas venu le trouver avant la fin de la journée, il avait commencé à perdre espoir que son pari ultime fonctionne. Il avait préféré s'attendre à rentrer chez lui le soir en espérant rester le lendemain au lieu de se préparer à rester le soir pour finir avec ses espoirs réduits à néant. Il pouvait enfiler un short de bain et ne garder que son tshirt. Il aurait moins chaud et serait plus propre.

Il attrapa un short et se dirigea vers la salle de bain pour se changer. Lorsqu'il en sortit, Clay était installé sur le canapé. Celui-ci tapota la place près de lui. Luke le rejoignit et attendit de voir ce que Clay avait à lui dire.

— Je ne veux pas que tu arrêtes de monter King.

— Clay, nous en avons discuté ce matin.

— Écoute-moi, s'il te plaît, répondit-il en lui prenant la main.

Luke acquiesça et attendit que Clay continue.

— Le fait que tu sois prêt à arrêter de monter King pour être avec moi est incroyable. Je ne suis pas sûr que quelqu'un m'ait déjà aimé au point de faire ce genre de sacrifice. Le problème, c'est que tu ne devrais pas avoir à le faire. Je ne veux pas que tu aies à le faire.

Luke baissa les yeux sur leurs mains jointes. Celles-ci étaient un bon signe.

— J'apprécie ce que tu viens de dire, mais je ne vois aucun autre moyen de régler l'impasse dans laquelle nous sommes. Tu as rompu avec moi parce que je suis tombé et je me suis blessé en montant King. Si je continue à le monter, il y a de fortes chances afin que cela se reproduise. Je ne veux pas vivre en m'inquiétant constamment que tu rompes avec moi la prochaine fois que cela arrivera et toutes les fois qui suivront. Je préfère encore arrêter de monter King que de vivre de cette manière.

— Je ne peux pas te promettre de ne pas m'inquiéter si tu tombes, mais je me suis aussi inquiété lorsque tu as attrapé la grippe et cette maladie est bien plus mortelle que les chutes de cheval. Je m'inquiéterais si tu avais un accident ou si tu retombais malade. Te demander de ne plus monter n'est pas juste et même si tu me dis que ça ne te dérange pas pour le moment, tu finiras par m'en vouloir.

— Alors que proposes-tu ?

— Je vais trouver un moyen de vivre avec mon inquiétude. J'étais perdu sans toi. Vivre avec toi et m'inquiéter pour toi vaut mieux que de ne pas t'avoir dans ma vie. Joe m'a suggéré de remonter à cheval ; il pense que ça m'aidera à relativiser. Ça ne s'est pas vraiment bien passé hier, mais je vais continuer à essayer. Je vais trouver un moyen de faire la paix avec cette situation. Ce qui compte, c'est que je puisse te voir en rentrant à la maison le soir et en me réveillant le matin.

Luke se jeta dans les bras de Clay.

— Je reviendrai toujours à la maison. Je te le promets.

Chapitre vingt-quatre

QUAND ils eurent terminé le dîner, Clay tendit sa main à Luke.

— Veux-tu m'accompagner là-haut ?

La question était anodine, mais Luke comprenait son sous-entendu. S'il lui prenait la main et montait avec lui, ils ne s'arrêteraient pas à la porte de la chambre d'amis comme ils l'avaient fait tant de fois. Ils continueraient à monter les marches jusqu'à la suite de Clay, jusqu'à son lit et consumeraient leur relation.

Cela aurait dû lui sembler précipité après leur rupture et le temps qu'ils avaient passé chacun de leur côté, mais Luke avait été prêt à franchir cette étape avant la chute inopportune qui avait causé leur séparation temporaire. Il devait seulement tendre la main et prendre tout ce que Clay lui offrait. Il prit une profonde inspiration et posa sa main – sa confiance et son cœur – dans celle de Clay.

— Montre-moi le chemin.

Clay le prit fermement dans ses bras et l'embrassa tendrement. Luke lui rendit son baiser avec ferveur et glissa ses doigts dans les cheveux bruns de Clay. Celui-ci gémit contre sa bouche, ce qui ravit Luke. Il adorait provoquer ces réactions chez son partenaire. Cela lui donnait l'assurance de continuer malgré son manque d'expérience.

Clay rompit le baiser, mais ne lâcha pas sa main. Ils traversèrent la cuisine faiblement éclairée et montèrent les escaliers en silence, s'arrêtant quelques fois pour un baiser. La nervosité de Luke reprit le dessus, son estomac se nouant en imaginant ce qui allait se produire lorsqu'ils se retrouveraient dans la chambre. En théorie, il comprenait comment cela fonctionnait. Il n'était simplement pas sûr de savoir le mettre en pratique.

— Calme-toi, dit Clay lorsqu'ils arrivèrent au deuxième étage. Nous n'allons rien faire qui te mette mal à l'aise. Nous avons le reste de nos vies pour découvrir le corps de l'autre.

Luke savait qu'il avait raison, mais cela ne calma pas ses nerfs. Il se blottit dans les bras de Clay, réclamant un autre baiser. Lorsque Clay l'embrassait, tout le reste disparaissait.

Clay lui donna le baiser qu'il attendait, s'attardant sur chaque caresse de leurs lèvres, chaque rencontre de leur langue, coupant le souffle de Luke et éveillant tous ses sens. Ce dernier lui rendit la pareille, plein d'assurance dans ce domaine. Il ne savait peut-être rien faire d'autre, mais il savait de quelle manière embrasser Clay pour le satisfaire.

Clay descendit ses mains le long du dos de Luke, trouva l'ourlet de son tshirt et les glissa en dessous pour caresser sa peau. Luke frissonna. Clay avait déjà touché son dos, mais Luke avait été torse nu. L'intimité suggérée par l'idée que Clay serait celui qui le dévêtirait ce soir le laissa haletant. Il s'accrocha aux épaules de Clay, appréciant la stabilité qu'elles offraient dans cette situation qui évoluait rapidement entre eux. La chemise de Clay était rêche sous ses doigts et il eut soudain envie de toucher sa peau. Il glissa ses doigts sous le col de sa chemise et frissonna en entendant le son brut qui s'échappa des lèvres de son partenaire. Peu importe les doutes qu'il avait concernant le futur, il ne doutait pas du fait que Clay soit aussi investi que lui dans ce moment.

Clay arrêta de l'embrasser assez longtemps pour faire glisser son tshirt par-dessus sa tête, alors Luke en profita pour lui déboutonner sa chemise, les mains tremblantes face à son audace. Clay remua les bras pour se libérer de sa chemise et attira brusquement Luke contre lui. Lorsqu'ils se retrouvèrent peau contre peau, les sens de Luke s'éveillèrent et il se laissa porter par les caresses exquises de Clay.

— Viens, dit son partenaire en le tirant derrière lui par la main.

Luke le suivit à travers un grand espace ouvert qui avait dû être une salle de jeux, mais qui avait été transformé en salon et menait à la chambre.

Celle-ci était peinte en couleurs sombres et riches, mais Luke n'eut qu'une seconde pour l'apprécier avant que Clay ne le prenne dans ses bras et lui coupe le souffle avec encore plus de baisers. Il caressa la peau de Luke, faisant monter son désir au plus haut point.

La chaleur envahit son corps, à tel point qu'il eut l'impression de s'embraser.

Clay le poussa sur le lit. Luke tomba sur le doux couvre-lit et tendit les bras pour entraîner Clay dans sa chute. Il n'avait pas pris la peine de remettre ses chaussures après s'être changé ; Clay se débarrassa de ses mocassins lorsqu'il se plaça au-dessus de Luke.

L'incendie sous la peau de Luke ne fit que s'intensifier lorsque son partenaire le poussa contre le matelas, le couvrant de son poids. Il pouvait sentir le même désir s'éveiller en Clay en voyant la tension qui envahissait son corps puissant. Luke ondula sous lui, l'encourageant à continuer.

Clay retira le reste des vêtements de Luke, le laissant nu et désireux. Sa peau brûlait sous le regard intense de Clay, mais il chassa sa gêne. Il était la cause de ce regard dévorant.

La chaleur des mains de Clay explorant son corps ajouta au brasier qui le consumait. Il se laissait guider par les mains de son amant et les exigences de leurs ébats amoureux.

La bouche de Clay était aussi brûlante que ses mains et couvrait d'attention chaque partie de son corps qu'elle pouvait atteindre, laissant Luke haletant et implorant.

Il voulait transmettre ce même plaisir ardent à son partenaire, mais chaque fois qu'il essayait, Clay attrapait ses mains et les embrassait ou lui suçait les doigts avant de lui dire de s'allonger et de le laisser lui faire l'amour.

— Sois doux, l'implora Luke lorsque son partenaire commença à le préparer pour la prochaine étape. Je n'ai jamais fait ça.

Clay avait été attentif, mais cette révélation le rendit encore plus tendre et il le prépara pour leur union avec patience et précaution jusqu'à ce que Luke ne pense plus à rien, si ce n'est le vide en lui et le besoin que Clay le comble.

— Je t'en supplie, dit-il dans un sanglot.

— Bientôt, murmura Clay à son oreille.

Luke rejeta sa tête contre l'oreiller et cria lorsque Clay lui mordilla le lobe.

Clay finit par s'écarter, laissant un vide chez Luke qui s'impatientait. Clay ouvrit le tiroir de la table de chevet et en sortit un préservatif.

— J'en ai acheté le mois dernier, en espérant que nous les utiliserions. Je n'ai couché avec personne depuis le décès de Nick et je n'ai eu de relations qu'avec lui lorsqu'il était en vie. Je sais que je n'ai rien, mais c'est à toi de prendre cette décision.

La confiance qu'il avait en Luke, dans le fait qu'il soit vierge et qu'il n'ait aucune maladie sexuellement transmissible, faillit faire exploser son cœur.

— Je t'aime, dit Luke. Utilisons celui-ci pour être prudents. Nous irons passer les tests ensemble et ensuite, nous jetterons le reste de la boîte à la poubelle.

Dès que Clay eut déroulé le préservatif sur son membre, Luke l'attira contre lui dans un autre baiser torride. Clay se plaça entre ses jambes écartées. Luke enroula ses jambes autour des hanches de son partenaire et l'accueillit en lui. Au départ, cela fut douloureux, mais Clay alla doucement, contrôlant la profondeur et la puissance de ses poussées jusqu'à ce que Luke puisse l'accueillir aisément.

La passion étincela le long de sa peau, l'embrasant. Même après l'estompement de la douleur initiale, Clay garda un rythme régulier, le pénétrant avec précaution et précision. Luke se déchaîna sur le lit, désirant plus de vitesse, plus de puissance, plus de quelque chose.

Il fut pris de court par son orgasme, qui le consuma et le laissa haletant. Quelques instants plus tard, Clay tressaillit au-dessus de lui, sa jouissance l'emportant sur son contrôle.

Clay s'effondra sur lui, bloquant Luke sous son poids. Maintenant que la passion qui avait brûlé son esprit s'atténuait, il se rendit compte de l'énormité de ce qu'ils venaient de faire. Ils avaient franchi ce dernier pas, faisant fusionner leurs corps de la manière la plus intime qui soit. Ils étaient désormais liés d'une manière qui ne pourrait jamais être défaite. Même si quelque chose arrivait à Clay, il serait toujours le premier amant de Luke. Si le futur se déroulait comme Luke le voulait, Clay serait son seul amant.

Clay finit par rouler sur le côté, emportant Luke avec lui afin qu'il reste blotti contre son torse. Il prit une profonde inspiration, inhalant le mélange de transpiration et de musc. Il se nicha au plus près du corps de son amant et laissa la satisfaction l'envahir.

— Reste ? demanda Clay.

— Je n'ai pas de vêtements propres pour demain, répondit Luke, sans pour autant chercher à se délivrer des bras de son partenaire.

— Pas seulement ce soir. Emménage avec moi. Je veux m'endormir en te prenant dans mes bras chaque nuit, pas seulement de temps en temps.

Luke se rapprocha encore plus de Clay.

— Oui, murmura-t-il en déposant un baiser sur le sternum de son amant. Tant que tu voudras de moi.

Épilogue

LUKE pondéra King en attendant que les commissaires de la course donnent le départ. High Hope était une course de steeple-chase qui n'était pas très renommée, mais Joe avait décidé que ce serait un bon point de départ. Cette course de charité n'était pas une épreuve de qualification permettant d'accéder à une plus grande course de steeple-chase, mais ce n'était pas leur objectif du jour. Leur seul objectif était que King réussisse sa première course. Joe avait répété plus d'une fois que leur classement final n'était pas important, mais ils devaient terminer la course.

Luke jeta un œil dans les tribunes, mais il n'avait aucune idée de l'endroit où se trouvait Clay. Plus important encore, il ne devait pas se laisser distraire. Il avait une course à gérer, l'image d'un cheval à redorer et un amant à rendre fier. Rien d'autre ne lui importait.

Les drapeaux furent abaissés, signalant le départ de la course. Luke partit au galop, les yeux fixés sur le premier obstacle. Ils le franchirent sans difficulté dans le peloton de tête sans pour autant être leader de la course. Les trois obstacles suivants furent aussi facilement franchis, mais le cinquième était suivi d'un virage serré au bout de la piste. Luke avait visionné assez de vidéos de cette course pour savoir que les collisions étaient fréquentes à cet endroit. Il encouragea King à accélérer pour leur donner plus d'espace pour atterrir et tourner sans être gêné par un autre cheval.

King accéléra sans problème, ce qui leur permit de prendre de l'avance sur le peloton, bien qu'un bref coup d'œil vers l'avant permît à Luke de voir que les leaders se trouvaient encore loin devant eux.

Ils franchirent l'obstacle et King négocia le virage comme un champion. Devant lui, le leader de la course passa le sixième obstacle, mais lorsque le cheval refit surface de l'autre côté de la haie, il n'avait plus de cavalier. Luke dévia vers la droite, espérant éviter l'endroit où le cavalier était tombé. S'il pouvait se lever, il serait en train de se diriger vers le côté gauche de la piste aussi vite que possible.

Ils franchirent l'obstacle et Luke dut se concentrer pour rester en selle. Il n'avait pas le droit de tomber durant une course. Il ne pouvait pas faire cela à King ni à Clay. Néanmoins, une fois qu'ils furent de nouveau sur la terre ferme, il jeta un coup d'œil vers la gauche pour vérifier si l'autre jockey allait bien et le vit grimper par-dessus la clôture.

Bien, il n'était pas blessé.

Le cheval qui se trouvait devant lui ralentissait. Luke empêcha King d'accélérer, malgré l'envie flagrante de son cheval de dépasser son concurrent. Il avait encore vingt-quatre obstacles à franchir. Ils ne devaient pas utiliser toute leur énergie maintenant.

Ils entrèrent dans la routine familière d'une course : galoper, regrouper, relâcher, atterrir, continuer de galoper. Puis le seul obstacle qui inquiétait Luke apparut : la haie qui ressemblait à celle où Nick avait perdu la vie. Ils s'étaient assez entraînés afin que King ne se dérobe pas à la vue du fossé ou ne trébuche pas lors de l'atterrissage, mais cela n'empêcha pas Luke de retenir sa respiration lorsqu'ils approchèrent.

Luke ne savait pas si c'était parce que l'atmosphère de la course avait dépassé les peurs de King ou si c'était simplement l'entraînement qui portait ses fruits, mais l'étalon franchit l'obstacle comme un champion, passant devant son concurrent qui ralentissait et prenant la quatrième place.

Lorsqu'ils approchèrent de la dernière série d'obstacles, le cheval qui se trouvait devant eux trébucha. Son cavalier réussit à éviter la chute, mais leur erreur fut suffisante pour permettre à King de les dépasser. Luke regarda le prochain obstacle qui les attendait, essayant de rester concentré sur sa course. Ils n'avaient pas besoin de gagner, simplement de terminer la course, mais il ne restait plus que deux chevaux devant eux. Il pouvait faire mieux que de simplement finir cette course. Il pouvait se placer dans le trio de tête. Et si King avait encore un peu de forces à mettre dans la course… Luke ne devait pas réfléchir à cela. Terminer la course sans tomber était le plus important.

Lorsque l'un des chevaux devant lui fit tomber son cavalier, Luke cessa de prétendre qu'il se contenterait de terminer la course. Il fit comprendre cela à King et l'encouragea à galoper plus vite.

— Allez ! hurla-t-il par-dessus le bruit des sabots et le rugissement du vent dans ses oreilles. Pour Clay !

King prit de la vitesse et franchit l'avant-dernier obstacle comme s'il n'existait même pas. Son regard était désormais fixé sur le seul cheval qui se trouvait entre lui et la ligne d'arrivée. Ils étaient au coude à coude lorsqu'ils franchirent le dernier obstacle. Luke se pencha bien en avant sur l'encolure de King et le laissa galoper. La foule hurla lorsqu'ils franchirent la ligne d'arrivée, l'autre cheval toujours à son côté.

Il fit passer King au pas, sans savoir qui avait gagné. Cependant, ce n'était pas important. King s'en était bien mieux sorti que ce qu'ils avaient espéré. Qu'il gagne ou qu'il soit dans le trio de tête, il avait prouvé qu'il avait toujours l'étoffe d'un champion. Luke regarda autour de lui, cherchant Joe ou quelqu'un de Bywater Farm. Il trouva Clay.

Il fit avancer King jusqu'à l'endroit où Clay se tenait. Joe apparut près de lui et tendit la main pour prendre la bride de King. Luke le laissa prendre les rênes et se jeta de la selle pour atterrir dans les bras de Clay. Celui-ci l'attrapa et le fit tourner en lui offrant un baiser fougueux, qui fit tourner la tête de Luke non pas de vertige, mais de désir.

— Tu l'as fait ! s'exclama Clay. Tu l'as emporté de justesse.

Il posa Luke au sol et l'embrassa à nouveau.

— Je t'aime, ajouta-t-il. J'avais si peur, mais tu l'as fait.

— Je t'ai promis que je reviendrai. C'est une promesse que j'ai l'intention de tenir.

— Fais-moi une nouvelle promesse ?

— Laquelle ?

— Épouse-moi.

Luke jeta ses bras autour du cou de Clay et l'embrassa.

— Oui, je te le promets.

King hennit derrière lui et ce fut le seul avertissement qu'il donna avant de le pousser avec son nez, leur faisant perdre l'équilibre à tous les deux. Luke leva les yeux vers l'étalon, du sol sur lequel ils étaient tombés l'un sur l'autre.

— J'ai compris. Tu es d'accord. Maintenant, va voir ailleurs si j'y suis.

Il se remit debout et tendit une main à Clay. Celui-ci se releva avec difficulté et essuya ses mains sur son pantalon avant de passer un bras autour des épaules de Luke.

— Nous avons des admirateurs, murmura Luke en voyant les gens qui attendaient de le féliciter pour sa victoire.

— Et alors ? répondit Clay. Tu as promis de m'épouser. Ils finiront par le savoir.

Luke eut le tournis. Il avait promis. Clay n'en avait rien à faire qu'il ne vienne pas d'une famille aisée. Tout ce qui lui importait, c'était que Luke l'aime.

Il fit signe à la foule, puis il se tourna pour embrasser Clay une dernière fois, pour faire bonne mesure. Les journalistes auraient sans doute des questions, non seulement sur la course, mais aussi sur la relation de Clay avec Luke et sur leurs projets pour King. Quelqu'un mentionnerait la dernière course de King et la mort de Nick. Luke laisserait Clay répondre de la manière dont il le souhaitait. Luke considérait que le passé était le passé. Le futur leur appartenait et ils pourraient le façonner à leur manière – Luke, Clay et King.

www.ingramcontent.com/pod-product-compliance
Lightning Source LLC
Chambersburg PA
CBHW030303200626
46816CB00002BA/747